언제 올지 모를
희망 말고
지금 행복했으면

언제 올지 모를
희망 말고
지금 행복했으면

모든 순간 소중한
나에게 건네는
헤세의 위로

송정림 지음

자음과모음

차례

4장 _____ **내가 힘들 때**
그냥 꼭 안아주면 좋겠어

5장 _____ 사라지는 게 아니라
간직되는 시간들

부록

나, 다행인 것은

당신이 곁에 있기 때문입니다

나는 자타공인 유리멘털의 소유자였다.

정신이 연약해 이리저리 흔들렸고

이럴까 저럴까 선택의 기로에 설 때마다 서성거렸다.

나뭇가지에 피어난 꽃잎처럼 작은 바람에도 팔랑거리던

어느 날, 헤르만 헤세의 첫 번째 소설 《페터 카멘친트》 속

이 구절을 만났다.

> 나보다 구름을 사랑하는 사람이 있으면,
>
> 나와보라 그래!

번역가의 솜씨가 더해진 강렬한 그 문장에 나는 혹했다.
모든 면에서 힘없고 연약하고 뒤처지지만
'구름을 사랑하는 것만큼은 내가 최고'라고 당당히 말하는
이 문장 덕분에 나는 새로운 자신감을 얻을 수 있었고
그때부터 헤세의 책을 찾아 읽기 시작했다.

헤세의 책을 읽으면 한 문장 한 문장을 그냥 넘기지 못했다.
몇 번이고 되돌려 다시 읽고 또 읽었다.
저절로 사색의 습관이 생겼다.

이후 누군가 이상형을 물으면,
나는 1초도 망설이지 않고 대답했다.

"헤르만 헤세!"

그가 왜 그렇게 좋으냐고 물으면, 그 이유를 꼽느라
다섯 손가락이 모자랐다.

"음악 애호가야. 밤새 음악 이야기를 나눌 수 있을걸."
"그림을 잘 그려. 서로 모습을 그려주면서 놀면
재밌을 것 같아."

"자연을 인생 코치로 삼을 줄 아는 사람이야."

"하늘 보는 걸 좋아하고 구름을 얼마나 사랑하는지 몰라."

"절망적인 상황에도 굴하지 않고 희망을 품게 해주는
사람이야."

"겉으로는 약해 보여도 속으로는 엄청 강한 사람이지.
나도 그렇게 되고 싶어."

"주변에서 뭐라고 하든 자기 길을 묵묵히 걸어간 사람이야."

"사색의 힘으로 날마다 더 순수에 가까워지는 사람이야."

만난 적도 없는데 어떻게 그렇게 잘 아느냐고
누가 물으면 그의 책들을 내밀면 됐다.
작품 속에 그가 다 스며 있으니까.
데미안, 싱클레어, 한스, 크눌프, 나르치스와 골드문트,
싯다르타… 그들의 모습 속에 헤세가 있었다.
헤세의 작품을 읽는 내내 그와 아주 긴 이야기 나눈 것 같은
기분이 드는 건 그 때문이다.

　　　가장 개인적인 것이 가장 창의적인 것이다.

아카데미 감독상을 받은 봉준호 감독의 수상 소감이기도 한
마틴 스코세이지 감독의 말처럼,

헤세의 작품은 가장 개인적이라 가장 창의적이다.

작품에 자신의 삶과 자신의 생각을 솔직하게 털어놓는 그의

진정성은 다른 작가들이 따라올 수 없을 만큼 특별하다.

사랑에 빠질 때 이별할 때 아플 때마다

인생의 수많은 선택의 순간마다,

다리에 힘이 풀리고 비틀거릴 때마다

나는, 헤세와 마주 앉고 싶었다.

헤세는 어쩐지 내 투정을 다 들어줄 것 같았다.

맑고 깊은 눈으로 고개를 끄덕이며 말없이 들어주다가

나중에 집에 돌아가 자신의 생각을 댓글로 남겨줄 것 같았다.

그렇게 내가 위로받았던

헤세의 조언들을 여기 옮겨보았다.

인생의 고민에 달아놓은 헤세의 댓글은

부드럽지만 강렬하고

따스하지만 냉철하고

짧지만 지혜롭다.

시공을 초월해 그가 남긴 글로나마
내 서툰 인생을 기댈 수 있다는 것은
얼마나 행복한 일인가!
나의 그 행운을 당신에게 나눠드린다.

당신도 나처럼 위로받기를
당신도 나처럼 도움받기를
당신도 나처럼 사랑받기를
당신도 나처럼 용기를 얻기를
당신의 꿈에 한발 더 다가가기를
무엇보다 행복해지기를…

송정림

1장.

오늘도 난

잘하고 있고 자라고 있어

인간은 누구나
이 세상에 단 하나밖에 없는
아주 특별한 존재이다.

헤르만 헤세 《데미안》

1장. 오늘도 난 잘하고 있고 자라고 있어

나는 하나뿐인
특별한 존재

살다 보면 그럴 때가 있다.

"왜 이렇게 생겼을까. 성격이 왜 이럴까."
"왜 재능이 없을까. 왜 운동을 못할까."
내 자신이 마음에 들지 않을 때.

"저 사람은 전생에 나라를 구했나."
"지난밤에 돼지꿈이라도 꾸었나."
부러운 사람이 늘어날 때.

"다른 사람에게는 다 주시면서

제게는 왜 아무것도 안 주시나요?"

괜히 하늘 보며 투정 부릴 때.

그런데 내가 부러워하는 그 사람도

자신의 인생이 마음에 들지 않기는 마찬가지다.

누구나 그렇게 마음에 폐허를 지니고 산다.

그 폐허의 이름은 열등감.

자신을 믿지 못하면

어깨가 낮아지고, 머리가 땅으로 숙여진다.

'그동안 뭐 하고 살았나'라는 자신에 대한 모멸감으로

몸과 마음이 지치고 아프다.

깊은 밤 깨어나 문득 혼자임을 느낄 때,

아무도 나를 이해하지 못하고

내 말을 진심으로 들어주는 이가 하나도 없다고 느낄 때,

내가 도달해야 할 목표는 아직 멀고

능력은 모자라다고 느낄 때,

어떤 사람의 행동이 이기적이라고 느낄 때,

사랑하는 이와 멀어졌다고 느낄 때.

나를 위로할 사람을 찾다가는

더 외로워질 뿐.

나를 이해해주기를 바라다가는

더 슬퍼질 뿐.

내 곁에 있어줄 사람을 기대하다가는

더 허망해질 뿐.

물건처럼 교환이나 환불되는 것도 아니고

기계처럼 새것으로 바꿔치기할 수 있는 것도 아니고

내가 부러워하는 다른 사람의 삶을 대신 살 수도 없다.

내가 남이 될 수는 없는 일이다.

열등감에 빠질수록 인생은 늪에 빠지고 만다.

내 인생의 늪도, 내 인생의 감옥도

타인이 아닌 내가 만든다.

늪에 빠지지 않는 방법도, 감옥의 열쇠도

타인이 아닌 내가 쥐고 있다.

　나는 나!

　태어난 대로, 생긴 대로, 내가 가진 능력대로

　꿋꿋이 내 삶을 살아가야 한다.

'나는 굉장히 중요한 사람'이라는 자기최면은

어떻게 보면 '자가당착'이지만

어떻게 보면 '자기 위안'이 되기도 한다.

"나는 키가 크지 않다, 그래서 야무지다."

"나는 아직 모르는 게 많다, 그래서 순진하다."

"나는 일찍 일어나지 못한다, 그래서 덜 피곤하게 산다."

이렇게 '좀 그런들 뭐가 어때' 하고

정당방위를 선고하고 가벼워지기.

삶의 무게를 가능한 한 덜어내기.

가끔은 생의 전장에서 휴가를 보내듯

나를 느슨하게 풀어줄 필요가 있다.

누군가를 사랑할 때 고백이 필요한 것처럼

나에게 하는 고백도 필요하다.

"I Love You"를 외치기 전에

"I Love Me"를 먼저 외쳐본다.

스스로를 사랑해야 남도 사랑할 수 있다.

사랑은 발이 없어서

상대의 마음에 가닿지 못한다.

나에 대한 사랑도

내가 꺼내지 않으면 영영 잃고 만다.

'내 마음인데 내가 모르겠어?' 하지 말고 수시로 알려주자.

이 세상에 단 하나밖에 없는 아주 특별한 나.

두 팔을 엇갈려 안고 톡톡, 두드려주자.

　"좀 멋진걸!"

　"꽤 하는걸!"

　"오 예쁜걸!"

　내가 나에게 하는 고백에

　심장이 엇박자로 콩닥거리는 시간

　내 '인생의 전성기'가 시작된다.

살아 있는 모든 것은
되어가는 과정이지,
완전한 존재가 아닙니다.

헤르만 헤세 《서간집》

오늘도 난 잘하고 있고
자라고 있어

친구의 집에는 금지어가 하나 있다.

'난 못한다'는 말을 못 하게 한다.

그 대신에 '아직 하지 않았다'는 말을 쓰게 한다.

예를 들어

"나는 바이올린을 연주하지 못합니다"가 아니라

"나는 아직 바이올린을 배우지 않았습니다".

"나는 1등을 못 합니다"가 아니라

"나는 아직 1등을 해보지 않았습니다"라고 한다.

그런데 생각해보면

이 말은 습관처럼 자주 쓰인다.

"나는 테니스를 못해."

"나는 피아노를 못해."

"나는 글을 못 써."

"나는 달리기를 못해."

"나는 요리를 못해."

'난 못해'는

더 이상 할 마음이 없다는 '클로징' 멘트다.

인생 폐업을 선언할 때나 쓰는 말을

우리는 수시로 하고 있는 셈이다.

매일매일 문을 열어도 시원치 않을 텐데

매일매일 문을 닫고 문고리를 걸어버린다.

> 나에게 자꾸 문을 오픈하는 습관이 중요하다.
> 노크나 머뭇거림은 필요 없다.
> 그냥 문 활짝 열고 "도전!"을 외치며
> 뛰어들어보는 거다.

나이와 상황을 떠나

꿈을 가진 사람은 멋있다.

꿈을 향해 나아가는 사람은 멋있다.

속도는 중요하지 않다, 발걸음이 중요할 뿐.

스페인의 작곡가이자 첼리스트인 파블로 카살스는

95세에도 연습을 게을리하지 않고

하루 여섯 시간씩 연습했다.

많은 나이임에도 치열하게 연습하는 이유를 묻자

그는 이렇게 대답했다.

"지금도 내가

나아지고 있다고 생각하기 때문입니다."

95세의 나이에도 나아지려고 하는 마음,

그것이 대가의 인생법이다.

우리는 누구나 완전하지 않다.

뭔가 되어가는 과정일 뿐.

살아 있는 한, 끝없이 배워가야 한다.

누려보지 못한 지식과 즐거움이 세상에 많다.

정년퇴직한 어느 교장 선생님은

65세의 나이에 희랍어를 공부하기 시작했다.

그 나이에 왜 그렇게 어려운 공부를 하느냐고 묻자

"새로운 걸 배워야 살아 있는 것 같다"고 했다.

70세를 훌쩍 넘긴 어느 무역업자는

바이어에게 악기 연주하는 것을 들려주기 위해

색소폰을 배우기 시작했다.

　　'너무 늦은 나이'는 없다.

　　나이는 세월로 먹는 것이 아니라 마음으로 먹는다.

나이는 스무 살이지만 꿈도 없고,

열심히 노력할 이유도 갖고 있지 않다면

그는 이미 젊지 않다.

나이가 90세가 넘었어도 꿈이 있고,

서툴러도 시도하고 있다면 그는 청년이다.

내가 할 수 있는 일이라면

내가 할 수 있는 방법이 있다면

내가 할 수 있는 시간이 있다면

지금, 바로 시도해보는 거다.

왜냐하면 우리는
언제나 나아져야 하고
나아질 수 있기 때문에.

당신은, 나는, 우리는
지금 잘하고 있고, 자라고 있다.

추구한다는 것은 목표를 갖는 것이다.
그러나 발견한다는 것은 자유로운 것이며
열려 있는 것이고 목표를 갖지 않는 것이다.

헤르만 헤세 《싯다르타》

1장. 오늘도 난 잘하고 있고 자라고 있어

내 마음의 주문

"하쿠나 마타타!"

누구에게나 존경받는 한 선배가 있었다.

그 선배는 무척 바쁜데도 항상 여유가 있어 보였다.

많은 일을 하면서도 여유로운 비결을 물었더니

선배는 이렇게 대답했다.

"일할 땐 일하지만 놀 땐 다 잊고 놀거든."

입으로는 바쁘다면서 그저 허둥대는 건

일할 때는 놀 생각을 하고

놀 때는 일 생각을 하기 때문이 아닐까.

여유로운 마음은 발견하는 자의 것이다.

꽃을 '보기만' 하는 게 아니라 '느끼는' 사람

사람을 '보기만' 하는 게 아니라 '만나는' 사람

음악을 '듣기만' 하는 게 아니라 '감상하는' 사람

사랑에 '빠지는' 것보다 진정으로 사랑을 '하는' 사람…

사람들이 가진 저마다의 능력 중

가장 부러운 능력은 '시선'이 아닐까.

자기만의 시선으로 보고 느낀 것을

빠르게 가슴으로 운반하는 능력이야말로

최고의 재능인지도 모른다.

행복은

존재하는 것이 아니라 발견하는 것이니까.

또한 사랑도

존재하는 것이 아니라 발견하는 것이니까.

어떻게 하면 행복을 발견하는

재능을 가질 수 있을까?

어떻게 하면 내게 주어진 오늘 안에서

행복을 발견할 수 있을까?

누군가 하루를 잘 지내는 법을
알파벳 'L'이 들어가는 네 글자로 표현했다.

Live — 살고

Love — 사랑하고

Laugh — 웃고

Learn — 배우고

상대방을 대할 때

인상 찌푸리지 말고, 함께 많이 웃고

단점을 찾아내서 꼬집으려 하기보다

뭔가 배울 점은 없을까 고민해보고

사람들을 미워하고 탓하며 오해하기 전에

먼저 고맙다 말하고 많이 사랑할 것.

인생을 사는 지혜는

살고, 사랑하고, 웃고, 배우는 것이다.

그렇다면 지금 나는
내게로 배달된 하루를 잘 누리고 있을까?

우리나라 사람들이 잘하는 말
'빨리빨리' 대신에 아프리카 사람들은
이 말을 입에 달고 다닌다고 한다.
"폴레 폴레(천천히 천천히)."

그리고 이 말도
무척 자주 한다고 한다.
"하쿠나 마타타(괜찮아, 괜찮아)."

마음이 자꾸만 초조하고 조급해질 때
나 자신이 내 마음에 들지 않을 때
이렇게 주문을 걸어보면 어떨까.

"폴레 폴레!"
"하쿠나 마타타!"

이 세상을 꿰뚫어 보고 경멸하는 일은
어쩌면 위대한 사상가들의 일일지 모른다.

하지만 나에게는 이 세상을 사랑하고
나 자신을 미워하지 않으며
이 세상과 나를 포함한 모든 존재를
사랑과 경탄과 경외심으로 바라보는 일,
오직 이것만이 중요할 뿐이다.

헤르만 헤세 《싯다르타》

1장. 오늘도 난 잘하고 있고 자라고 있어

잘 사는 건,
나를 사랑하는 일이야

평생 연애시를 써온 원로 시인은

시집에 온통 절절한 연애시를 써놓고

시작 노트에 이렇게 남겼다.

"그런데, 솔직히… 나 아직 사랑을 잘 몰라요."

평생 인생론을 펼쳐온 원로 철학자는

인생을 논하는 두꺼운 책을 써놓고

후기에 이렇게 고백했다.

"그런데, 도대체… 인생이란 무엇인가요?"

사랑의 대가일 것 같은 시인도
인생의 고수일 것 같은 철학자도
사랑을 모른다고, 인생은 더더욱 모른다고
고개를 내저었다.

우리가 이 세상을 살아가는 일 또한
참, 설명할 수 없는 일이다.
논리로도 풀지 못하고
수리로도 계산이 안 되는 문제니까.

우리 인생에서 일어난 수많은 사건들을
과연 어떻게 설명할 수 있을까.

어떤 이에게는 사랑이 검은 독약처럼 쓰지만
누군가에게는 딸기 케이크처럼 달콤할 수 있다.
어떤 이는 붙잡고 있던 꿈을 이룰 수도 있지만
어떤 이는 죽을 때까지 헛물만 켤 수도 있다.

"이걸 풀라고요? 내가 어떻게 알겠어요?"
초등학생이 고등학교 시험지를 받아 든 마음.
누구나 그렇게 열등생이 된 것 같은 마음.

상처 입지 않고 살아가는 사람이 있을까.
슬픔 없이 살아갈 수 있는 사람이 있을까.
상처와 슬픔을 등에 짊어지고 걸어가야 한다면
최대한 가볍게 덜어내는 것이 좋다.

인생의 짐을 덜어내는 방법 중
첫 번째 코스는 이것이다.
— 나 자신을 알기.

나의 모습을 잘 들여다보기 위해서
자화상을 그려보면 어떨까.

자화상을 주로 그려온
프리다 칼로는 이렇게 말했다.
"나는 너무나 자주 혼자이기에,
내가 가장 잘 아는 주제이기에 나를 그린다."

내 얼굴을 그릴 때
뺨에 눈물을 그리고 있다면 슬픈 사람이다.
뺨에 장밋빛 노을을 색칠하고 있다면
사랑을 하고 있는 사람이다.

자화상은 자신의 모습이 아니라 마음을 그리는 것,
아니 마음이 저절로 담겨지는 것이다.

내 마음을 자주 그려보는 거다.
일기를 쓰듯 자화상을 그려보는 것도 좋다.
매일 나에게 가까이 다가갈 수 있고
매일 더 나를 이해하게 된다.

내가 나를 알아가는 작업 다음에는
이런 과제가 주어진다.
— 나 자신을 미워하지 말기.

내가 가진 것들을
손으로 꼽아보면 초라한 기분이 들곤 한다.

남들은 집 평수도 늘리고 땅도 산다는데
나는 집 한 칸 없이 여태껏 뭐 하고 살았나.
남들은 좋은 차로 바꿔가는데
나는 여태껏 걸어다니고 뭐 하고 살았나.
다른 이와 비교할수록 답답하고 옹졸해진다.

내 마음을 위축시키는 가난의 요소들은
언제나 남과 비교할 때 찾아온다.

음악 한 곡으로 세상을 다 가진 듯 행복하다면,
햇살 한 자락에 눅눅한 마음을 말릴 수 있다면,
좋은 사람의 응원에 힘을 낼 수 있다면,
무엇보다, 나의 미래를 믿고 있다면,
그렇다면 나는 참 많이 가진 셈이다.

모자란 점을 세기보다 잘난 것을 세본다.
지난 잘못을 떠올리며 아파하기보다
내가 잘한 일을 헤아려본다.

말랑말랑 부드럽고
포근포근 따스한 해를 구워
내 인생에 전해본다.
"사랑해, 내 인생."

온 힘을 다해 당신에게 맞는 삶의 형태를 찾으십시오.
당신의 모든 의무를 소홀히 할지라도 말입니다.
의무를 신성시하는 것은 대부분 자신의 삶을 위해
투쟁할 용기가 부족할 때 생겨납니다.

헤르만 헤세 〈루이제 린저에게 보낸 편지〉

꼭 뭐가 안 돼도
괜찮아

현대인이 겪는 여러 마음의 문제 중

가장 심각한 노이로제를 가리켜

슈드비 콤플렉스^{should be complex}라고 한다.

"반드시 무엇이어야만 한다"는 일방적인 사고방식이

정신 건강을 해치는 주범인 것이다.

이런 '슈드비'는

우리를 둘러싼 수많은 규제와 타인의 시선에 의해 생겨나

우리 안에서 무럭무럭 자란다.

이런 '슈드비'를

자신뿐 아니라 남을 대할 때에도 적용시키기 때문에

알게 모르게 내 안에 선입견이 쌓여간다.

직업이 저러니 그럴 거야,

외모가 저러니 그럴 거야,

학력이 저러니 그럴 거야,

태생이 저러니 그럴 거야…

이런 선입견은 사람과 사람 사이에 갈등을 만들고

가치관의 오류를 가져온다.

또 우리는, 살아가는 동안

이런저런 것들의 노예가 되어간다.

부모가 원하는 대로 살아가는 욕망의 노예,

결혼 생활의 노예, 사랑의 노예, 체중계의 노예,

금방 포기하게 될 무수한 결심들의 노예…

파울로 코엘료가 했던 말처럼

우리는 그렇게 '무엇인가'의 노예가 되어간다.

또 우리는, 사람을 만날 때마다 늘 걱정한다.

저 사람은 왜 날 미워할까,

저 사람은 왜 날 존중하지 않을까,

저 사람은 왜 날 인정하지 않을까…

나를 인정하지 않는 타인 때문에

정말로 나를 좋아하는 다른 사람을 돌아보지 못한다.

또 우리는, 일을 할 때마다 늘 걱정한다.

난 왜 운이 없을까,

난 왜 이렇게 되는 일이 없을까,

난 왜 기쁜 일이 없을까…

그렇게 불운의 방향 쪽으로

생각의 나침반을 고정시켜놓았기 때문에

그동안 내게 왔던 수많은 행운을 기억하지 못하고

앞으로 내게 올 행운도 발견하지 못하게 된다.

이런 모든 속박에서 풀려나 나답게 사는 자유

그것이야말로 우리가 추구하는 최고의 가치다.

자유는 책임이 없는 상태가 아니라
내가 선택하는 책임.
누구의 명령에 의한 것이 아니라
내 스스로 내가 질 책임을 선택하는 것.
그것이 자유의 이름이다.

만약 체중계에 올라서며
세상이 만든 기준 때문에 스트레스를 받는다면
나는 체중계의 노예다.
나 자신이 만든 기준 때문에 긴장한다면
그것은 자유가 주는 긴장감일 것이다.

일과 사랑, 그 모든 것에서
타인의 시선과 타인의 잣대에 맞춰 산다는 것은
삶의 노예가 되는 일이다.

남자라고 꼭 그래야 하나?
여자라고 꼭 그래야 하나?
나이가 들었다고 꼭 그래야 하나?
학력이 이렇다고 꼭 그래야 하나?
사회적 위치 때문에 내가 꼭 그래야 하나?

이런저런 선입견과 고정관념에서 벗어나

오직 자신이 세우고 만든 기준에 의해

자유롭게 살아가는 사람들은

자신의 삶을 타인과 비교하며 불행해하지 않는다.

내 인생을 타인에게 묻는 일은 의미 없다.

나는 내가 잘 안다. 내 안에 내 담당 코치가 있다.

나에게 묻고 나에게 맞는 목표를 정하면 된다.

타인에게 내 꿈을 기대는 것도 부질없다.

스스로 꿈을 세우고 그 꿈을 향해 걸어가면 된다.

나답게, 그저 꿋꿋이, 그러나 당당하게.

가자! 가보는 거다.

한스는 교장 선생님이 내미는 손을 잡았다.
교장 선생님은 엄숙하면서도 온화한 표정으로
그를 바라보고 있었다.

"아주 지쳐버리지 않도록 해라.
그렇지 않으면 수레바퀴 밑에 깔리게 될 테니까."

헤르만 헤세 《수레바퀴 밑에》

내 삶에 선물을 주는 사람,

바로 나예요

그림자는 내 것이지만
온전히 안을 수가 없다.
한 걸음 다가가면 그만큼 물러난다.

욕망은 그림자를 닮아 있다.
분명 내 마음에서 시작된 건데 내 뜻대로 되질 않는다.
검은 윤곽은 보여주지만 진짜 얼굴은 드러내지 않는다.

차라리 멀리 떨어져 있다면
체념하고 돌아설 수 있을 텐데…

발밑에 찰싹 달라붙어 있는 그림자는

손을 잘만 뻗으면 닿을 수도 있을 것 같다.

그 아슬아슬한 간절함이 마음을 갉아먹는다.

    인간의 존재로부터 떼어낼 수 없는 것이 욕망이라서

    우리는 욕망을 그림자처럼 달고 살아간다.

    내가 그림자의 주인이 아니라

    그림자가 나의 주인이 되어버린다.

쥐고 싶다, 놓치고 싶지 않다, 보내지 않고 싶다,

이루고 싶다, 가르치고 싶다,

내 것으로 만들고 싶다, 영원하고 싶다…

하고 싶은 것도 많고 이루고 싶은 것도 많아서

'싶다, 싶다, 싶다'를 계속 되뇌는

나 자신을 볼 때.

나는 직업을 가지고 있다, 나는 집을 가지고 있다,

나는 친구를 가지고 있다, 나는 연인을 가지고 있다,

나는 차를 가지고 있다, 나는 오디오를 가지고 있다…

가지고 싶은 것도 지키고 싶은 것도 많아서

'갖고 있다, 갖고 있다, 갖고 있다'를

반복적으로 생각하는

나 자신을 느낄 때.

거울 속에서 그런 나를 발견할 때면

나 자신이 낯설게 느껴지고

가슴이 덜컥, 내려앉는다.

욕심이 수레바퀴가 되어 인생을

짓누르고 있다는 사실을 자각하게 되는 순간이다.

욕망을 따라 발걸음을 옮기다가

문득 지쳐버리면

그때는 어떻게 해야 할까.

어느 날, 고속도로 운전을 하다가

차에 기름이 다 떨어져버렸다.

주유 경고등이 빨갛게 깜빡이며 재촉해댔지만

길은 밀렸고 휴게소는 멀었다.

기름 게이지를 들여다보지 않았다가

결국 보험회사에 전화하는 사태를 빚고 말았다.

매일 가지고 다니는 핸드폰도

가끔은 충전을 잊고 전원을 꺼뜨리곤 한다.

살아가는 동안에도

중간중간 내 한계 배터리를 체크해야 한다.

지쳤다는 사실조차 모르고 달리다가

어느 순간 주저앉게 되어버릴 수도 있다.

방전 없는 인생을 위해서는

휴식과 충전이 필요하다.

그리고 여유는 누가 주는 것이 아니라

내가 나에게 선물하는 것이다.

수입의 10퍼센트를 기부하는 사람처럼

시간의 10퍼센트를 내 인생에 건네보는 건 어떨까.

하루 스물네 시간 중 10퍼센트면, 두 시간이나 된다.

하루가 스물네 시간이 아니라

아예 스물두 시간이라고 생각해버리는 거다.

그러면 공짜 시간이 두 시간이나 생긴다.

그 두 시간 중에 30분은

집 근처 또는 일터 근처에 있는 서점에 들러

한가로이 책을 볼 수도 있고

그중에 10분은 친구에게 전화를 걸어 안부를 나누고

20분은 꽃집에 가서 꽃을 살 수도 있다.

먼저 약속 장소에 나가 느긋하게 기다리거나

느린 걸음으로 동네를 산책할 수도 있다.

그러고도 남는 시간에는 신나게 춤을 출 수도 있고

테니스를 칠 수도 있다.

이상하다, 시간을 덜어냈는데

오히려 삶이 더 풍요로워진다는 것이.

내가 빠르게 뛰면 시간도 덩달아 뛰고

내가 느리게 움직이면 시간도 느리게 흘러간다는 것이.

시간이 느리게 흐르면

조바심 내던 몸의 기관들이 편안해진다.

세상에 대한 이해심이 생기고, 얼굴에 미소가 어린다.

사는 게 기쁘고, 사람들이 좋아진다.

시간의 여유를 갖는다는 것은
내 인생에 배터리를 채워주는 일이다.

롱런할 수 있는 힘을 심어주는 일이고
지치지 않는 비결이고
수레바퀴에 짓눌리지 않는 방법이다.

쉬지 않고 달려온 나의 시간에게
토닥토닥, 한마디 전해본다.

불안해하지 마.
잠시 멈춘다고 끝은 아니야.
종종거리는 발걸음이 잠시 멈춰 서는 자리마다
희망의 손전등을 비춰줄게.

어떤 상황에서는 삶의 행로가
결정되어 있는 것 같아 보일 수 있습니다.
그러나 삶의 행로에는 언제나 인간이
스스로 개입할 수 있는 모든 가능성,
변화의 가능성이 있습니다.

헤르만 헤세 〈빌헬름 아인슬레에게 보낸 편지〉

1장. 오늘도 난 잘하고 있고 자라고 있어

내 운명은
내 손안에

항해사는
바람의 방향을 마음대로 지배할 수 없다.
그러나 배의 돛은 마음대로 조절할 수 있다.

정원사는
꽃이 피고 지는 일을 마음대로 행할 수 없다.
그러나 꽃을 마음껏 사랑할 수 있다.

농부는
자연의 섭리를 거스를 수 없다.

그러나 씨를 뿌리고 거두는 일은 가능하다.

사람은
비를 내리게 하거나 멈추게 할 수 없다.
그러나 우산을 준비할 수는 있다.

내가 도저히 어떻게 해볼 수 없는 일,
'이것은 신의 몫이야'라고 생각되는 일이
누구에게나 있다.

하지만 그 속에서도
분명 내가 할 수 있는
'내 몫'의 일이 있다.

인생의 바람을 만날 때
돛을 어떤 쪽으로 향하게 할지
희망 쪽인지 절망 쪽인지…
방향에 대한 결정권은 나에게 있다.

인생의 길을 걷다가 넘어졌을 때
누가 일으켜주기를 바라지만

가만히 방치하면
마음의 상처만 깊어진다.
넘어진 충격도 내가 극복하고
다친 무릎도 내가 치료해야 한다.

어려운 인생 문제가 주어졌을 때
누가 좀 풀어줬으면 하고 손 내밀어보지만
그 누구도 답을 알려주지 않는다.
결국 내가 풀어야 한다.

기쁨과 슬픔도 내 손안에 있고
천국과 지옥도 내 손안에 있다.
결국 삶을 선택하는 것은 나 자신이다.

인생이 다 결정돼 있는 것 같지만
운명에 스스로 개입할 수 있는 가능성,
변화의 가능성은 반드시 있다.

폐지처럼 구겨진 내 삶을 맑게 펴는 일,
식어버린 인생에 다시 한번 불꽃을 피우는 일에는
마인드컨트롤이 필요하다.

생각이 우울하면

내 인생 자체가 실패로 보인다.

그러나 기분을 추스르면

내 앞에 무한한 가능성이 펼쳐진다.

'이제부터 시작'이라는

밝고 긍정적인 마음을 가지면

위기는 또 다른 기회가 된다.

굳게 닫힌 줄 알았던 문이 마법처럼 열린다.

넘어진 자리에서 일어나면

그 자리에 꽃이 피어난다.

인생의 르네상스 시대를 여는 것은 나 자신이다.

운명아 비켜라, 내가 간다!

생의 언덕에 푸른 깃발을 꽂는 것은

얼마나 가슴 뛰는 일인가.

'운'은 내가 만들 수 없다.

그러나 '행운'은 내 손으로 만들 수 있다.

운을 탓하며 주저앉는 사람이 아니라

행운을 직접 찾아 나서는 사람.

조건이 잘 갖추어지지 않았을 때에도

스스로 여건을 만들어내는 사람.

그 사람이 바로

'행운의 제조자 good luck maker'이다.

위험이 없는 길로는
약한 사람들만 보낸다.

헤르만 헤세《유리알 유희》

주인공이라서
힘든 거야

문학작품이나 영화, 드라마 주인공에게는 공통점이 있다.
항상 고난을 심하게 겪는다는 것.
조연에게는 힘든 과정이라는 설정 자체가 없다.
사람들은 오직 주인공을 '어떻게 고생시킬까' 고심한다.
주인공이 고난을 겪지 않는 작품은 재미나 감동이 없다.

인생길에서 삐끗하거나 넘어지는 것은
내가 인생의 주인공이기 때문이라고 생각해보면 어떨까.
신이 나를 그저 조연이나 단역으로 캐스팅했다면
왜 이런 고난을 주겠는가.

현실에도 드라마 속 주인공처럼

잘 넘어지는 사람들이 있다.

잘 뻗은 길도 있고 누군가 닦아놓은 길도 있는데

쉬운 길을 놔두고 자꾸 어려운 길을 걷는 사람.

그렇게 험한 돌밭 길을 걷는 사람은

당연히 자주 넘어질 수밖에 없다.

살다 보면, 생을 아무리 정비해도

자갈동산이 불쑥불쑥 나타나곤 한다.

가끔 커다란 암벽도 등장한다.

그럴 땐 넘어질 수밖에 없다.

돌에 걸려서, 자갈에 미끄러져서

암벽에 부딪혀서 발걸음을 멈출 수밖에.

그런데 정말 중요한 건, 넘어진 다음이다.

넘어져도 일어서는가 아니면 일어서지 못하는가.

     크게 넘어지고도 넘어진 자리에서 다시 일어서는 사람,

     자신의 손과 발로 암벽타기를 해내는 사람,

     집채만 한 파도를 끝내 올라타는 사람.

     그런 사람에게 고난은 맥을 못 춘다.

고난은 비겁해서, 강자에겐 약하고 약자에게 강하다.
넘어진 후 일어나는 사람에게 승리는 찾아온다.

버티고 다시 일어나는 일이 많이 버거울 때는
자연에게서 해답을 구해보는 것도 좋다.

시인 롱펠로는 불우한 삶을 살았다.
첫째 부인을 병으로 잃고, 둘째 부인 역시 사고로 잃었다.
세월이 흘러 롱펠로가 죽음을 앞둔 어느 날 기자가 물었다.

"그렇게 고통스러운 날들을 지내오면서
어떻게 이런 주옥같은 시를 쓰실 수 있었습니까?"

그러자 롱펠로는
정원에 있는 사과나무를 가리키며 대답했다.

"저 사과나무에는 해마다 새로운 가지가 생겨나지.
나는 나 자신을 저 사과나무의 새로운 가지라고 생각하면서
힘들고 어려울 때마다 힘을 얻었네."

사과나무가 그에게 희망을 가르쳐준 것이다.

어느 날, 길가에 피어난 풀잎을 봤다.
콘크리트로 중무장한 도시에 피어난 풀잎을 보니
'어떻게 이렇게 살아남았을까' 신기했다.

도시에 피어난 풀잎은
시골의 한적한 숲에 피어난 풀잎을 부러워할 만도 하지만
공해와 소음이 가득한 환경을 탓하지 않고
피어난 거기, 그 자리를 사랑하는 것처럼 보인다.

풀잎에게 얼마나 많은 시련이 있었을까.
풀잎을 찾아오는 것은 바람만이 아니었을 것이다.
낯선 자의 침입도, 이슬의 방문도 있었을 것이다.
하지만 풀잎은 흔들릴지는 몰라도
뿌리째 뽑히지는 않았다.

풀잎은 바람보다 먼저 웃고 바람보다 나중에 울었다.
이슬에 젖어도 햇살을 꿈꾸고
낯선 자가 짓밟으면, 곧 사랑스러운 이의 돌봄이
있을 거라고 소망했다.

가냘프면서도 강인해 보이는 도시의 풀잎이 알려준다.

지금 서 있는 곳이 어떤 곳이든
그 자리를 사랑하라고.
누가 알아주길 바라지 말고 그저 부지런히
뿌리를 굳건히 내려보라고.

길가에서 우연히 담쟁이 벽을 보고,
문득 떠올린 아버지와 같이 걷던 날의 기억.
힘든 딸의 상황을 어떻게 알았을까.
골목 어귀에 멈춰 선 아버지는
무성한 담쟁이 잎을 보며 내게 말했다.

"담쟁이도 견디며 올라간다. 나중엔 쉬워져."

겨울 찬 바람에 잎을 떨군 담쟁이는
그 작은 손으로 차가운 시멘트 벽을 붙잡고
사력을 다해 버티고 있었다.

그때부터 내 롤모델이 되었다.
생존왕, 담쟁이.

새는 알을 깨고 나온다.

알은 새의 세계이다.

태어나려는 자는 한 세계를 파괴해야만 한다.

새는 신에게로 날아간다.

그 신의 이름은 아브락사스이다.

헤르만 헤세 《데미안》

알에서 나와

날개를 저어봐

알을 깨고 나오는 고통을 처음 느낀 건 대학 때였다.
고등학교 졸업 후 부모님 품에서 벗어나 서울로 갔다.
집이 그리웠던 나는
방학이 되면 어김없이 집으로 향했다.

유년기의 익숙한 발자국들이 새겨져 있고
사랑받은 순간들이 화석처럼 스며 있는 집은
더없이 아늑한 골짜기였다.
그 안에서 나는 모자랄 것 없이 행복했다.

그러나 방학이 끝나고

나는 다시 분리의 순간을 맞닥뜨려야 했다.

서울로 떠나오는 발걸음마다 눈물이 뚝뚝 흘러내렸다.

한 걸음, 한 걸음 멀어지면서

나는 그 고통이 성숙이라는 것을

날개를 퍼덕여 미지의 세계를 날아가야 한다는 것을

그것이 인간에게 주어진 운명이라는 것을

그것이 인생의 의무 사항이라는 것을 터득해갔다.

팔레스타인에는 두 개의 바다가 있다.

하나는 갈릴리해, 또 하나는 사해死海다.

갈릴리해에는, 초록빛 물보라가 방파제를 수놓고

어부들이 바다 옆에 집을 짓고 새들이 둥지를 튼다.

그곳의 모든 생명은 다 행복하다.

그러나 사해에는, 물고기도 새들의 노래도 없다.

똑같은 요단강이 흘러들지만

한 바다는 살아 있고, 한 바다는 죽어 있는

그 차이는 무엇일까.

갈릴리해는 요단강을 받아들이지만

그것을 가두지 않고 다시 흘려보낸다.

하지만 사해는 강물을 받아들이기만 하고 내보낼 줄 모른다.

그래서 죽은 바다다.

팔레스타인에 두 종류의 바다가 있는 것처럼

세상에는 두 종류의 사람이 있다.

머물러 있는 사람과 끊임없이 나아가는 사람.

나는 갈릴리해일까, 사해일까?

고여 있다는 것은 알 속에 갇혀 있다는 것.

나는 머무르지 않고

내가 갇힌 세계를 자꾸자꾸 찢어내고

미지의 공간으로 날아가기를 시도하고 싶다.

안온한 세상을 깨고 나와

마침내 또 다른 세계로 통하는 문을 열어야 한다.

다른 세상에 도착한 나는

또다시 아주 작은 날개를 달고 있을 것이다.

그러나 작고 보잘것없으면 또 어떤가.

중요한 건 '새로운 날개'라는 것이다.

작지만 새로운 날개를 자꾸 퍼덕여보는 것이다.

성숙으로 가는 길에는
알을 깨는 고통이 기다리고 있다.
그 알을 깨지 않고
알 속에서 안온함만 추구한다면
더는 나아갈 수 없다.

진정한 성년에 이른다는 것은 어쩌면
나를 감싼 수많은 껍질을 깨고 알에서 나오는
숱한 과정을 의미하는 것인지도 모른다.

나는 최근에 웹소설 연재를 마쳤다.
처음 시도해본 일이었다.
손목에 파스를 덕지덕지 붙였지만 기분은 좋았다.
도전했다는 자체만으로.

주변에서는 왜 자꾸 뭔가를 시도하느냐고 타박하지만
나이를 먹었다고,
이미 다 성장했고 성숙했다고 여겨버리면
살아갈 의미는 도대체 어디에 있나.

내 성장판은 아직 닫히지 않았다.
나는 여전히 미성년이다.
나의 신분은 죽는 순간까지
인생학교의 학생이다.

— 지금까지 안 해본 운동 도전! (재즈댄스 하다가 스텝 엉킴)
— 새로운 악기 배우기 도전! (기타 치다 삑사리가 남)
— 내가 할 수 있는 일 중에서 새로운 것 도전!
　　(판타지 로맨스에 도전하다 머리에 쥐 남)

그러나 "뭐 어때".
영화 〈여인의 향기〉에서도
스텝이 엉키면 그게 바로 탱고, 라고 하지 않던가.
스텝이 엉키는 것이 인생이다.

그러니 계속해서
나를 둘러싼 알껍데기를 깨보는 거다.
빠르게 변해가는 세상만 탓하지 말고
그 세상 속에 뛰어들어보는 거다.

생명은 고여 있는 게 아니라 움직이는 것.

움직이는 것은 늘 자라는 속성이 있다.
자라지 않으면 시들고 시들면 생명이 다한다.

그러므로 나는
알을 깨고 나오는 시도를 계속할 것이다.
어제도 했으니까 오늘도.
오늘도 할 것이니까 내일도.

변화는 팔딱거리는 심장의 알리바이
살아 있음의 필수 조건이다.

나는 살아 있다.
고로 변화한다.

2장.

나답게 피어나면 된다고

말해주는 당신이 있어서

아무리 가까운 사이라도
사람 사이에는 심연이 있다.
이 심연 위에 다리 하나가 임시로 놓여 있지만
이 다리를 건널 수 있는 것은 사랑뿐이다.

헤르만 헤세 《크눌프》

어릴 때 하던 놀이 중에

여럿이 노래를 부르며 빙글빙글 둥글게 돌다가

사회자가 "다섯 명!" 하거나 "두 명!" 하면

그 무리 속에 얼른 들어가야 하는 놀이가 있다.

나는 그 놀이가 참 두려웠다.

무리 지을 사람을 미리 잘 봐두었다가

얼른 그에게 달려가 부둥켜안고

그 무리 속에 자리를 잡아야 하는데

굼뜨고 악착같지 못해서

혼자 남겨지는 경우가 많았다.

그러면 여지없이 탈락이었다.

그렇게 혼자 되는 것이

어린 마음에도 쓸쓸하고 외로웠다.

살아가면서 알게 되었다.

외롭지 않으려면

내가 먼저 열심히 달려가

온 힘을 다해 껴안아야 한다는 사실을.

상대방이 건너오기만을 기다리면

나는 결국 외롭게 혼자 남겨진다.

내 발걸음이 그에게 다가가고

내 마음이 먼저 그를 향해야 한다.

미국의 포크 록 듀오, 사이먼 앤 가펑클이 부른 노래

〈험한 세상 다리가 되어Bridge over Troubled Water〉의 가사처럼

지칠 때, 다리가 되어주겠다고 말해주는 사람.

힘들 때, 자신에게 기대 쉬라고 말해주는 사람.

응원이 필요할 때, 당신의 시절이 빛날 때가 왔다고

당신의 꿈에 가까워지고 있다고 응원해주는 사람.

그런 사람을
기다리기만 할 게 아니라
내가 먼저 그런 사람이 되어주면 어떨까.
참 좋은 당신을 기다리는 것이 아니라
참 좋은 당신이 되어주면 어떨까.

외딴곳을 헤매고 차가운 바람을 지나
마침내 따뜻한 등불이 켜진 오두막에 도착했을 때
그 문을 열고 들어서면 나를 맞아주는 사람이 있다.
그 사람에게 늦지 않게 다가가야 한다.
그에게로 한 걸음 가까이 다가가
이 말을 건네야 한다.

"이제 내가 더 사랑할게. 내 곁에 있는 당신을…"

자기 안에 개나 늑대, 물고기나 뱀이 잔뜩 들어 있으면서도
그것 때문에 특별히 어려움을 느끼지 않는 사람들이
이미 많이 있었다고 전해진다.
출세한 많은 사람들 중 자신의 행복을 만든 사람은
인간보다는 늑대나 원숭이가 더 많았다.

헤르만 헤세《황야의 이리》

너는 마음에
어떤 무늬를 새기고 있니

한때, 노트 같은 줄무늬가 좋았다가
원고지 닮은 체크무늬에 빠졌다가
별, 달, 구름, 해 같은
하늘에 떠 있는 무늬에 홀렸다가
누구 얼굴 닮은
동그라미 무늬만 찾아댔다.
또 요즘은 꽃무늬에 자꾸만 시선이 간다.

모진 바람에 지는 꽃잎들…
마음에 품어 꽃무늬 새겨본다.

그러면 1년 내내 마음이 봄이다.

우리는 마음에 어떤 무늬를
새기며 살아가고 있을까.

마음에 대한 어떤 일화가 있다.
어느 부족의 추장이 자신의 손자에게 이렇게 말했다.
"우리 모두의 마음속에서는
언제나 두 마리 늑대가 싸우고 있단다."

손자가 물었다.
"어떤 늑대가 이기나요?"

그러자 추장은 대답했다.
"내가 먹이를 주는 놈이 이기지."

우리 마음 안에 사는 두 마리 늑대는
서로 다른 것들을 품고 있다.
한 마리는 분노, 탐욕, 거만, 거짓, 자만심, 이기심을.
다른 한 마리는 사랑, 인내심, 겸손, 친절, 동정심, 믿음을.

한 마리는 차갑고 비정하고

다른 한 마리는 따뜻하고 편안하다.

그중에 우리는 어떤 늑대에게 먹이를 주고 있는 걸까.

간혹 우리는

머리가 차가운 '냉철함'과

마음이 차가운 '냉혹함'을 혼동한다.

그러나 이 둘은 굉장히 다르다.

냉철한 것은

이성이 발달해 감정에 치우치지 않고

생각이나 판단이 침착한 것을 말한다.

하지만 냉혹하다는 것은

머리가 아니라 마음이 차가운 것을 말한다.

마음이 차가운 사람은 세상을 비웃는 사람이다.

연민이나 동정심을 찾아볼 수 없는 이기적인 사람이다.

나 아닌 타인을 돌아볼 줄 모르기 때문에

언젠가는 본인이 만든 차가운 얼음 조각에

자신이 상처 입게 된다.

우리는 누구나 내면에 상반되는 요소를 여럿 가지고 있다.
선과 악, 낙관과 비관, 희망과 후회,
믿음과 불신, 겸손과 자만.

나는 그중에 어떤 무늬를 새기고 있을까?

세상을 환하게 하는 무늬
사람에게 기쁨을 주는 무늬를 택하기를.

힘든 사람에게 손 내밀 줄 아는 온기와
지구 저편에서 일어나는 일도
내 일처럼 여길 줄 아는 마음을 간직하기를.

머리가 차갑게 작동하는 시간에도
마음만큼은 따스하기를.
알약을 먹을 때의 물 온도처럼.

너희는 다른 사람이 되는 것,

다른 사람의 목소리를 모방하고

그들의 얼굴을 너희의 얼굴로 여기는 것을

그만두어야 한다.

헤르만 헤세 〈자라투스트라의 귀환〉

2장. 나답게 피어나면 된다고 말해주는 당신이 있어서

너는 니답게
피어나면 돼

봄이 되면
화려한 꽃들이 하나둘 피어난다.
개나리 진달래 벚꽃 철쭉 목련이
저마다의 향기와 색채를 자랑하며
들판과 거리, 산자락에 흐드러지게 피어난다.

아직 다른 꽃들이 피기도 전에
혹한을 뚫고 동네 어귀에 피어난
아주 작고 소담스러운 꽃을 본 적 있는지.

그냥 늘 거기에 있었다는 듯이
나의 생을 열심히 사는 것일 뿐이라는 듯이
추위쯤은 얼마든지 이겨낼 수 있다는 듯이
나 좀 봐달라고 유난 떨지도 않고
홀로 당당히 피어난 꽃.

그 꽃은, 작지만 결코 작아 보이지 않는다.
그 어떤 크고 화려한 꽃보다 더 아름답고
그 어떤 맹수보다 더 용감해 보인다.

누군가에게 잊힐 것을 두려워하지 않으며
누군가에게 자신을 알리려고 종종거리지도 않으며
내 이름이 세상에 어떤 가치를 지니는지 연연하지 않으며
당당하게 피어난 작은 까치꽃.

그렇게 이 세상에 피어나고 싶다.
그렇게 나의 삶에 당당하고 싶다.
누구의 시선이나 평판에도 흔들리지 않으며
정직하고 겸손하고 화사하게
삶의 꽃봉오리를 피워내고 싶다.

세상의 모든 꽃이
나름대로 다 아름다운 것처럼
세상의 모든 사람은
나름대로 다 아름답다.

"어쩜 이리 부드러워!"
"와, 별처럼 빛나네!"
"누구보다 다정해 보여!"

나의 작고 못난 것만 헤아리지 말고
잘난 부분을 꼽아보기를.

내가 나에게 '엄지척'을 들어 올리는 순간
내 인생에 폭죽이 팡팡 터진다.

그는 풀밭에서 조그만 보랏빛 꽃을 따서
눈 가까이에 갖다 대고
조그맣고 가느다란 줄기 속을 들여다보았다.

아! 왜 인간이란 이다지도 무지한가?
왜 이런 꽃과 이야기를 나눌 수 없을까?

헤르만 헤세《지와 사랑》

살다 보면 누구나 기대어 쉴 곳이 필요하지만
아무리 찾아봐도 기댈 곳이 하나도 없을 때,
사람은 그럴 때 참 외로워진다.

사랑하는 사람에게 기대어 있던 어느 날
갑자기 찾아오는 외로움도 있다.
사람은 항상 내 곁에 머무르지 않고
언젠가는 떠나는 날이 오기 때문이다.

사람을 찾지 못해 마음이 외로워질 때

사람이 빠져나가 마음이 공허해질 때
어떻게 마음을 채워야 할까.

바람이 부는 곳을 찾아가본다.
이른 새벽, 언덕에 올라 바람을 맞아본 이는
바람이 전하는 삶의 비밀을 알게 된다.

석양이 지는 바다를 찾아가본다.
하늘빛이 반사돼서 볼이 불그스름한 바다
설렘이 파도가 돼서 일렁이는 바다를 본 이는
생의 암호를 해독해낸다.

사람 때문에 외로워진 어떤 날에는
이름 모를 꽃이 피어 있는 길을 걷는다.
꽃잎이 제 몸을 흩날리며 전하는 말을 들은 이는
인생의 공식을 하나 풀게 된다.

생의 비밀은
부는 바람을 통해
붉게 물든 석양을 통해
흩날리는 꽃잎을 통해 전해진다.

사람은 떠나도 자연은 거기 그대로 있다.

자연은 언제나 시린 마음에 어깨를 내줄 준비를 하고 있다.

자연에 위로받기 위해서는

자연을 느끼는 힘을 기르는 게 중요하다.

눈이 있어도, 좋은 시력을 가졌어도

느끼지 못하면 보아도 본 게 아니다.

제아무리 아름다운 꽃도

시선을 주지 않으면 이미 꽃이 아니다.

가수가 아무리 아름다운 노래를 부른다 해도

듣는 사람이 마음에 아무런 느낌을 갖지 못하면

그 노래는 이미 노래가 아니다.

시가 아무리 명문장이라고 해도

읽는 사람이 아무런 감동도 느끼지 못하면

그 시는 이미 시가 아니다.

계절마다 바뀌는 자연이

귀중한 신의 선물이라고 해도

사람의 마음이 움직여지지 않으면
그 선물은 이미 선물이 아니다.

자연을 느끼는 법도 습관이고 공부다.
창을 열어 바람을 호흡해본다.
하늘의 구름을 시선으로 좇아본다.
눈을 감고 흙을 밟아본다.
손가락으로 나뭇잎을 쓰다듬어본다.
꽃의 향기를 맡아본다.
꽃들에게, 바람에게, 나무에게 눈인사를 전해본다.

그러면 신기하게도 자연이 내게 손인사를 한다.
'안녕, 안녕, 안녕…'

　　감동 가득한 자연 속에서 나는 여행자다.
　　이 여행에는 가이드도 없고 종착지도 없다.
　　단순히 보고 듣고 무감각하게 돌아오는 관광객이 아니라
　　오래 시선을 주고 느낌을 간직하는 여행자가 되고 싶다.

마음이 실타래처럼 엉켰을 때 길을 나서면,
우리 동네도 낯선 여행지가 된다.

꽃과 구름과 바람에

두근두근 설레는 순간,

지독히도 풀리지 않던 일이

내 앞으로 쫘악 카펫을 깔아준다.

마지막 한 걸음은 혼자서 가야 한다.

그러기에 온갖 어려움을
혼자서 감당하는 일보다
더 나은 지혜나 능력은 없다.

헤르만 헤세 〈혼자서〉

엄마가 이사하신 집,

산소에 등을 기대고 한참 앉아 있다가 돌아오는데

차창 밖에 노을이 걸리며 라디오에서 노래가 흘러나왔다.

조르주 무스타키의 〈나의 고독 Ma solitude〉이었다.

고독이 그림자처럼 나를 따라다녔다는 노래에

엄마의 목소리가 오버랩되어 흘렀다.

어느 날, 홀로 고향 집을 지키던

엄마가 말했다.

"이 외로움을 너도 겪을 걸 생각하면
가슴이 아프구나."

아버지가 돌아가신 후
10여 년의 시간을 엄마는
외로움과 싸우다가 돌아가셨다.

세월이 쌓이고 인연이 늘수록 이별도 더해간다.
몇 해 전에도, 몇 달 전에도
불과 며칠 전에도… 다시 만날 수 없는 이별을 했다.

예정된 이별이든 뜻밖의 이별이든
모든 이별은 가슴에 상처를 남긴다.

이별은 그리움을 부르고
만날 수 없는 현실에 그리움은 외로움이 된다.

김광석의 노래처럼
우리는 누구나 매일 이별하며 살아간다.
매일 슬픔과 고독의 기록을 경신해간다.

사랑을 간직한 사람이든 사랑을 잃어버린 사람이든
사랑하는 사람이 고독한 건 마찬가지,
나라의 독립을 열망하든 간직한 꿈을 이루길 열망하든
꿈꾸는 사람이 고독한 건 마찬가지,
들키기 싫은 부끄러움이든 차마 고백하지 못하는 사랑이든
비밀이 있는 사람이 고독한 건 마찬가지다.

　　누가 곁에 있다고 고독이 사라지는 건 아니다.
　　많은 사람의 혼잡 속에서 혼자 됨을 느끼기도 한다.
　　살아온 날만큼 가슴속 사막의 평수는 늘어간다.
　　연륜만큼 고독의 그림자가 길어진다.

'언제 외롭냐'고 물으면 답하지 못한다.
때때로 외롭다가, 종종 외롭다가
수시로 외롭다가, 자주 외롭다가
매일 외롭다가, 나중에는 언제나 외로워지는 것이
우리 인생이니까.

'왜 외로운지' 물어도 대답하지 못한다.
홀로 있어도, 함께 있어도
군중 속에 있어도 외로우니까.

외로움을 달래기 위해 타인에게 기댔다가
오히려 상처 입기도 한다.
외로움을 극복하기 위해 뭔가를 시도했다가
더 외로워지는 경험도 한다.
그리고 알게 된다.
인생은 그냥 외로운 것임을.

조르주 무스타키는 이렇게 노래한다.
"고독이 나와 함께 있으니 난 외톨이가 아니"라고.

인생의 마지막을 준비하는 여러 일들 가운데
어쩌면 가장 중요한 것은
고독을 즐기는 법을 아는 일이 아닐까.
결국 마지막 한 걸음은 혼자서 가야 하니까.

고독하다는 것은
나 자신과 오롯이 대면하는 시간이 길어진다는 뜻이다.

고독 앞에서 내가 보내버린 시간들이
가슴으로 걸어 들어온다.
고독 앞에서 내가 보내버린 사람이 떠오른다.

고독 앞에서 내가 방치해버린 감정이 떠오른다.

고독 앞에서는 겸손해지고 미움도 사라진다.

그러므로 고독하다는 것은

사랑할 준비가 되어 있다는 뜻이다.

당신이 그립다는 뜻이고

당신을 맞이할 준비가 되어 있다는 뜻이다.

고독을 즐기는 단계에 이르면

이별에 더 이상 상처받지 않는다.

슬픔에 마음을 베이지 않는다.

인생의 내공이 쌓여 훌훌 떨칠 줄도

흘려보낼 줄도 안다.

고독을 친구 삼는 순간,

고독이 함께하기에 외톨이가 아니라고

느끼게 되는 그 순간은,

물음표로 가득한 인생 시험지를 다 풀어내는 순간이다.

고독은 나의 철학 선생이다.

부드러움은

단단함보다 강하며

물은 바위보다 강하고

사랑은 폭력보다 강하다.

헤르만 헤세《싯다르타》

부드럽고 둥글고
따뜻한 것이 강한 거야

"엄마, 저예요. 너무 오랜만에 왔죠?"

살아생전 좋은 게 뭐냐고 물으면
늘 네가 좋다, 대답하시던 엄마.
엄마의 마지막 집에 오랜만에 딸이 와서
엄마는 행복하실까.
무덤가에 핀 동백 꽃잎이
바람결에 살랑이며 대답한다.

'바쁜데 뭐 하러 와?'

"좋으면 좋다고 솔직히 말하지!"

장난스러운 말투로 까부는 딸에게
어쩔 수 없이 기쁨을 들키고 말면서.

사람과 사람 사이 관계가 어려울 때,
관계를 맺고 살아가는 사람들에게
마음 전하는 법을 알 수 없을 때,
엄마를 찾아간다.

나는 엄마가 크게 소리 지르시는 것을
평생 단 한 번도 본 적 없다.
육남매를 키우면서 쉼 없이 일을 하셨지만
평생 회초리 한번 드신 적이 없었다.
화를 내야 하는 일이 있으면, 손을 잡고 호소하셨고
꾸중보다 신뢰로 자식들을 바로잡으셨다.

우리 형제들은 한자리에 모이면
돌아가신 부모님을 추억한다.

부드러움이 가장 강하다는 것을,

따뜻한 눈길이 가장 힘이 세다는 것을,

큰소리 하나 없이 자신의 뜻을 관철시키시던

엄마의 모습을 통해 알 수 있었다.

아버지에게는 강한 카리스마가 있었지만

크게 꾸중할 때면 오히려 더 말을 줄이셨다.

그래서 그런지 단 한마디라도 그 말의 위력은 대단했다.

언니는 아버지와의 한 일화를 기억하고 있었다.

고등학생 때 집을 떠나

도시에서 자취하던 언니는 외로움에 시달렸다.

그 시기에 언니를 구원한 것은 소설책과 영화였다.

고3, 대학 입학 시험을 며칠 앞둔 그날도 언니는

자취집 근처에 있던 극장으로 영화를 보러 갔다.

그런데 영화를 보고 나오다가 같은 건물 치과에서 나오던

아버지와 딱 마주쳤다.

고3 수험생이 학교에 있어야 할 시간에

극장에서 나오는 것을 딱, 들키고 말았으니…

언니는 두려움에 덜덜 떨고만 있었다.

아버지는 언니 손에 있던 영화표를 스윽 보셨다.

그러고는 아무 말 없이 몸을 돌려 가버리셨다.

'뭐지? 왜 아무 말씀도 안 하시지?'
당황한 언니가 그 자리를 떠나지 못하고 있는데
아버지가 다시 돌아오셨다.
'이제 진짜 죽었구나' 싶었던 언니는 눈을 질끈 감았다.

그러나 예상과 달리 아버지는 가만히 양복 주머니에서
지갑을 꺼내 만 원짜리 몇 장을 언니에게 건넸다.
언니는 아무 말도 못 하고 주섬주섬 돈을 받았다.
그러자 아버지는 또 아무 말씀도 없이 그 자리를 떠나셨다.

집에 가서 뵈었을 때도, 통화할 때에도
아버지는 그날의 일을 아예 언급하지 않으셨다.
그 후 언니가 수업을 빼먹고 영화관에 가는 일은 없었다.

아버지를 통해 우리는 배웠다.
아이가 설령 나쁜 실수를 저질렀다고 해도
말없이 기다려줄 수 있는 유연함을.
'너의 행동에는 이유가 있겠지.'
'지금 무척 힘들 테지만 힘내.'

꼭 말하지 않아도 마음으로 응원하며

손을 꼭 잡아줄 수 있어야 한다는 것을.

인생에 고난과 역경이 있을 때마다

부정적인 말로 상대방을 몰아붙이는 사람이 있고,

부드러운 위로와 함께 따뜻한 조언을 해주는 사람이 있다.

그러나 돌이켜 생각해보면,

언제나 더 좋은 쪽으로 변화시키는 것은

강한 질책이 아니라 부드러운 사랑이었다.

진정한 강함은

총과 칼처럼 물리적인 힘에서 나오는 것이 아니라

부드럽고 따뜻한 말과 행동으로부터 배어 나온다.

손님이 한 번 방문한 가게를 다시 찾는 이유는

친절한 응대가 마음에 들어서인 경우가 많다.

유능하지만 무뚝뚝한 의사보다, 아픈 마음을 읽어주는

친절한 의사에게 환자는 더 큰 위로를 받는다.

단골을 만드는 가게 사장님의 친절한 미소,

의사를 최고의 명의로 만드는 다정한 한마디,
나보다 남을 생각하는 따뜻한 배려의 마음…
이렇게 부드러운 것이 모든 것을 이긴다.

용기 있는 자가 궁극적으로 추구하는 것은 힘이 아니다.
가끔은 나를 버릴 줄도 알고, 낮출 줄도 알고
가끔은 한없이 부드러움을 추구하는 것.
그것이 용기 있는 자의 선택이다.

이런 용기를 지닌 자를
사랑하지 않을 수 있는 사람은
이 세상에 아무도 없다.

힘을 지닌 자는 사랑을 하지만
용기 있는 자는 사랑을 받는다.

만약 어떤 사람을
더 행복하고 명랑하게 만들 수 있다면
우리는 어떤 경우에도
마땅히 그렇게 해야 할 것이다.

헤르만 헤세 《유리알 유희》

도시의 밤하늘에
총총 떠 있는 별을 보았다.
마음속 분실물 센터에 분실물이 접수된 기분이었다.

당신의 순수를 찾을 수 있다고,
마음속 그곳에 아직 머물러 있다고,
별이 알려주는 것 같아서 가슴이 뛰었다.

내 심장에 콕 박힌 별 하나를 보며
별이 아름다운 이유는 뭘까 생각했다.

아무리 발돋움해도 닿을 수 없는 애틋함 때문에,
아무리 손을 뻗어도 만질 수 없는 안타까움 때문에,
곧 스러지는 허망함 때문에,
가질 수 없는 슬픔 때문에
별이 더 아름다운 것은 아닐까.

별은 어렴풋이 빛나다가 사라지고 만다.
또 다른 밤이 온다고 해도
같은 별을 찾아내기란 쉽지 않다.

그러니 별이 빛나는 그 시간에
온 힘을 다해 그 별빛의 사랑을
간직해보는 건 어떨까.

별이 지고 나면 슬퍼질지라도
별이 뜨는 그 시간, 별빛의 사랑에
내 마음을 다 던져보는 건 어떨까.

그런데 나는, 내 사랑을 잘 건네고 있는 걸까.
오히려 사랑하는 이에게 상처를 건네는 건 아닌지.

어느 날 갑자기 돌아가신 친구 아버지의 문상을 갔다.

친구는 며칠 전에 아버지한테 모질게 굴었는데

그것이 마지막이었다며 울었다.

그럴 거면 왜 나를 낳았느냐는 말까지는

안 했어야 했다고 후회의 눈물을 쏟았다.

친구를 위로하고 돌아오는 길, 어느 일화가 떠올랐다.

보스턴 필하모닉 지휘자인 벤저민 젠더의

랜선 강연에서 들었던 이야기다.

아우슈비츠에서 부모와 동생을 잃은 한 여성이 있었다.

당시 15세였던 그녀는 8세 남동생과 부모님과

아우슈비츠 수용소행 기차에 탔다.

기차 안에서 동생이 신발을 잃어버리자 누나는 화를 냈다.

"그런 것 하나 제대로 챙기지 못하고

왜 이렇게 변변치 못하니?"

그런데 그것이 동생한테 건넨 마지막 말이 될 줄은 몰랐다.

안타깝게도 동생은 살아남지 못했기 때문이었다.

그렇게 내 마음을 다 전하지 못한 말들은

평생 가슴 속에 남는다.

평소에 늘 하는 말인데

어떤 말은, 날카로운 칼이 되고

어떤 말은, 솜처럼 따뜻하고 부드럽다.

그중에 우리는 어떤 말을 하고 있을까?

가끔 자신이 독설가임을 자랑삼아 말하는 사람이 있다.

독설이 필요할 때도 물론 있다.

하지만 다른 말을 택할 수 없는 상황이었을까.

분명히 짚고 넘어가야 하는 문제도 물론 있다.

그러나 꼭 그렇게 날카로운 언어를 골라야만 했을까.

말 중에는 절대 삼가야 할 말이 있는가 하면

반대로 전혀 아낄 필요가 없는 말도 있다.

언제든 마음껏 이야기해도 좋은 칭찬과 고마움 같은

사랑의 언어들을 많이 전해야 한다.

특히 가족 사이에서는

해서는 안 되는 말과 꼭 해야 하는 말이 있다.

어쩌면 마음과 달리해서는 안 되는 말을

더 많이 하고 사는지도 모른다.

"넌 안 돼."

"네가 하는 일이 다 그렇지."

"네가 뭘 한다고 그래."

습관처럼 불신의 말을 던지고 있지 않은지 돌아봐야 한다.

가족이라는 이유로 마음을 아프게 하고 있는 것은 아닌지.

그 누구보다 더 따뜻하게 감싸야 할 사람들에게

가까움을 핑계로 함부로 대하는 것은 아닌지 말이다.

날카로운 칼이 될 수도 있고

향기로운 꽃이 될 수도 있는

내가 뱉는 수많은 말들.

이제 이런 말을 건네보는 건 어떨까.

"잘될 거예요."

"당신이 믿음직스러워요."

"당신 곁에는 항상 제가 있을게요."

"어려울 때 말씀하세요. 도울게요."

"속상해하지 말아요. 당신 마음 내가 알고 있어요."

"고마워요. 사랑해요."

아우슈비츠행 열차의 누나와 동생의 이야기처럼

그 순간의 말이 마지막이 될지 몰랐던 그녀처럼

우리 인생은, 우리 인연은

언제 어디에서 엔딩이 다가올지 모른다.

상대에게 건네는 지금 그 말이

생애 마지막 말이 될지 모른다면

당신은 어떤 이야기를 하게 될까?

너의 실수를 이해한다고, 용서한다고,

내 곁에 있어줘서 고맙다고, 사랑한다고 말하지 않을까.

따뜻한 말 한마디로

그 사람의 마음을 행복하게 하고 싶다.

작은 성공을 축하하고

실패보다 값진 성취를 인정해주고 싶다.

단점보다 장점을, 부정문보다는 긍정문을 말하고 싶다.

상대방을 기분 좋게 해주는 말,

그 사소한 습관은 굴러굴러

운명을 바꾸는 거대한 바퀴가 된다.

누군가에게 건네는 말이

화살이 아니라 아름다운 꽃이 되어

상대방 마음의 화병에 꽂히기를.

그의 가슴에서 화사한 마법을 일으켜주기를.

3장.

나의 하루에

당신이라는 별이 들었네

슬퍼하지 마세요. 곧 밤이 오리요.

밤이 되면 창백한 산과 들 위에

살포시 웃음 짓는 차가운 달을 바라보며

서로 손을 잡고 쉬게 되지요.

헤르만 헤세 《크눌프》

내가 곁에 있을 테니,
아무 걱정 말아요

우리 손에 운명이 담겨 있다고…
생명선도 있고, 직업선도 있고, 애정선도 있어서
손금을 보면 그 사람 인생이 보인다고들 한다.

문득 내 손금을 깊이깊이 들여다본다.
애정선에 담겨 있을 내 연애 시계를 돌려본다.
내 손에 닿았던 그 사람 뺨,
내 손에 머물렀던 그 사람 손의 온기,
내 손가락에 손가락을 걸며 약속했던 기억,
내 손으로 밤새 썼던 편지들.

그리고 이제 내 손에는

아무것도 남아 있지 않음을 깨닫는다.

손금의 어디쯤에서 엇갈린 걸까.

애정선 어디쯤에 이별이 예정돼 있었던 걸까.

사랑을 하면서 내가 뭔가 계산했기 때문에

사랑을 하면서 내가 뭔가 바라는 게 있었기 때문에

사랑을 하면서 내가 뭔가 지키지 못한 것이 있었기 때문에

내 손금에서 사랑이 사라져버린 것인지도 모른다.

　　사랑의 시작도, 사랑의 엔딩도

　　결국 내 손안의 일.

　　애정선은 사랑이 지나간 눈물자리.

슬플 때 사랑해야 진짜 사랑이라던데

슬플 때 내 슬픔이 가여워 떠나버린 것은 아닐까.

아플 때 내 아픔에 못 이겨 멀리한 것은 아닐까.

힘든 길을 걸어가는 사람에게

소중한 것을 잃어버린 사람에게

아픈 사람에게 어떤 말을 전해야 할까.

병이 난 사람에게 위로의 말을 전한다는 것이
서툴러서 잔소리가 되어버리기도 한다.
운동을 안 해서 그렇다,
일 욕심이 너무 많아서 그렇다,
식사를 제대로 안 해서 그렇다…
걱정한답시고 의사가 된 듯 병의 원인을 따지고 든다.

서툰 위로의 말은
오히려 상대의 마음을 더 아프게 만들 수 있다.

그렇다면 위로는
어떻게 전해야 하는 것일까.

만약, 말이 서툴다면
행동으로도 얼마든지 마음을 전할 수 있다.

병문안을 와서
숱한 위로의 말을 전하는 사람보다
환자 손을 꼬옥 잡고
오래오래 곁을 지키는 사람에게서
더 큰 위로를 받는다.

눈물을 흘릴 때

흔한 위로의 말을 던지는 사람보다

말없이 그 눈물을 닦아주는 마음이

더 와닿는다.

친구가 우산 없이 비를 맞고 있을 때

온몸으로 같이 비 맞아주는 우정이 더 든든하고,

연인의 슬픔을 내 일처럼 아파하며

품 안 가득 끌어안아주는 사랑이 더 애절하고,

넉넉하지 않은 형편에 부모님 용돈을 드리면서

많이 드리지 못함을 안타까워하는 효심이 더 애틋하다.

　　백 마디 찬사보다

　　손을 꼭 잡은 신뢰가 더 굳건하고,

　　천 마디 고백보다

　　사랑을 담은 시선이 훨씬 진실하다.

위로와 축하는

타인의 상처와 타인의 기쁨에

같이 아파하고 같이 좋아하는 '공감'이다.

'나도 당신과 함께한다'는 마음이다.

인생의 캄캄한 밤이 다가왔을 때
서로 위로하며 손을 잡는 순간은
얼마나 아름다운가.

위로의 방법을 몰라,
혹은 위로의 말이 서툴러서
실수하는 순간이 오더라도
타인의 슬픔에 마음 아파하고,
타인의 기쁨에 힘차게 박수 치고,
타인의 절망에 위로의 말을 찾는 그 마음은
얼마나 따뜻한가.

힘들고 지칠 때
누군가로부터 위로받고 싶었던 나처럼
누군가 당신의 위로를 간절히 바라고 있을지 모른다.

얼굴에 근심이 가득해 보인다면,
어깨에 짊어진 짐이 버거워 보인다면,
발걸음이 유독 무거워 보인다면,
용기 내어 한마디 건네보면 어떨까.

당신의 오늘이 조금 더 환해지기를,

당신의 내일이 살짝 더 나아지기를,

이런 응원의 마음이 닿기를 바라며.

"슬퍼하지 마, 네 곁에 내가 있잖아."

사랑은 우리를 행복하게 하기 위해 존재하지 않는다.
사랑은 우리가 고통과 인내에서 얼마나 강할 수 있는지
보여주기 위해 존재한다.

헤르만 헤세 《게르트루트》

아플 때

곁에 있어준 적 있나요

바쁜 하루 끝에 달콤한 휴식 시간
이승윤의 노래 〈달이 참 예쁘다고〉를
듣다가 가사를 떠올려본다.

죽어서 이름을 어딘가 남기기보단
살아서 그들의 이름을 한 번 더 불러볼래.

내가 뽑은 '가사가 아름다운 노래 리스트'에
이 곡을 얼른 추가한다.

내 이름이 다정하게 느껴지는 순간은
사랑하는 사람이 불러줄 때이고
내가 부르고 싶고 기억하고 싶은 이름은
사랑하는 사람의 이름이다.

세상에 널리 알려지는 이름
혹은 내 주변에서 따뜻하게 불리는 이름
이 중에 당신은 어떤 이름으로 살고 싶은가.

"호랑이는 죽어서 가죽을 남기고
사람은 죽어서 이름을 남긴다"는 속담이 있지만
사람이 꼭 이름을 남기려고 세상을 사는 건 아니다.

　　직위와 명예를 위해 남기는 이름은
　　여러 사람에게 기억되지만 순간이고,
　　사랑하는 사람의 가슴에 새기는 이름은
　　한 사람에게 기억될 뿐이지만 영원하다.

　　달 위에다 발자국을 남기고 싶진 않아
　　단지 너와 발맞추어 걷고 싶었어.

이 노래 가사처럼

인생의 마지막까지 발맞추어 걷고 싶은 사람,

당신 곁에 그 사람은 누구일까.

"어떤 사람과 결혼하면 좋을까요?"

이런 질문을 해 온 후배에게

'반려'의 조건을 이야기해준 적이 있다.

내가 늙고 병들었을 때 그 사람이

내 곁에서 어떻게 하고 있을까를 떠올려보라고.

만약 치매에 걸려 아무것도 못 하게 되었을 때

내 곁의 그 사람은 무엇을 하고 있을까, 하고

세월이 지나 젊음이 떠난 자리에는 주름이 는다.

그러다 크고 작은 병이 갑자기 찾아오기도 한다.

반려자에게 혹은 나에게 질병의 그림자가 드리운다면

곁에 있는 사람은 내게 뭐라고 말해줄까.

이런 상상을 해보면 반려자의 모습이 점점 그려진다.

사랑한다고 말하는 것은 어렵지 않다.

입을 열고 눈을 맞추며 말하면 그만이다.

함께 기뻐해주는 것도 어려운 일이 아니다.

그 사람이 웃을 때 같이 웃고, 진심으로 격려해주면 된다.

젊고 아름답고 잘나가는 시절에

같이 있어주는 것은 쉽다.

쉬운 것은 사랑이 아니다.

그 사람이 아파할 때,

그 사람이 불행할 때,

그 사람이 실패했을 때,

그 사람이 다시 일어설 수 없을 정도로 절망할 때

변치 않고 사랑을 주는 일, 그것은 참 어려운 일이다.

사랑을 희미하게 하는 요소는 많다.

갑자기 닥친 현실적인 어려움, 갑자기 찾아온 병,

가족의 반대, 사회의 따가운 시선,

갑자기 얹어진 절망의 무게, 서서히 다가온 마음의 변화,

또는 내 꿈의 무게가 너무 커서 사랑을 떠나보내기도 한다.

> 사랑의 자격증은
>
> 힘든 사람 곁에 오래오래 머물러 있어줄 수 있는
>
> 마음에 발급해줘야 한다.

아플 때, 어둠 속에 있을 때

곁에서 조용히 함께 아파해주는 마음,

터널을 빠져나온 그에게 꽃다발을 안겨주는 마음,

그것이 진정한 사랑이다.

비 맞는 그 사람에게 다가가 우산을 씌워준다.

안 쓰겠다고 하면 우산을 버리고 같이 비를 맞아준다.

어깨가 축 처진 그의 손을 잡는다.

손을 빼려고 해도 힘주어 잡고 고백한다.

이 손을 절대 놓지 않을 거라고.

어둠의 터널을 지날 때에도

둘이 같이 손잡고 걸어가자고.

너와 함께라면 이 밤도

'깜깜한' 밤이 아니라

'달이 참 예쁜' 밤이라고.

이리저리 고민만 하고 생각만 하는 것은
아무 가치가 없어.
사람은 생각하는 대로 행하는 것이 아니거든.
오히려 사람이 행동할 때는 사실 깊이 생각하지 않고
마음이 원하는 대로 행동하는 법이지.

헤르만 헤세 《크눌프》

내 마음이
이끄는 대로

한동안 들어가지 않던 사이트에
접속하려고 하면 이런 메시지가 뜬다.
"비밀번호 오류입니다."
아무리 떠올려도 생각나지 않는다.
닫힌 문 앞에서 이마만 긁적인다.

사랑하는 사람이 마음에도 비밀번호가 있다.
그런데 어느 날 갑자기 생각나지 않는다.
'뭐였을까? 그 비밀번호.'
닫힌 마음의 문 앞에서 황망히 서성인다.

그의 마음에 로그인하는

비밀번호는 나만이 알고 있다.

귀찮으니 포기할까,

힘든 과정을 거쳐서라도 다시 시도할까,

그 선택 역시 나만이 할 수 있다.

우리가 가지고 있는 것 중에는

손도 있고 발도 있고, 머리와 마음도 있다.

그런데 우리는 언제부터인가

머리를 가치의 가장 우위에 두게 되었다.

과학과 문명이 발달할수록 사람들은

알고 싶은 게 더 많아졌고 그만큼 지식욕이 왕성해졌다.

지식을 보다 많이 습득할 수 있는 머리와

더 높은 지능을 소망하게 됐다.

머리보다 마음이 차고 넘치는 자를

바보 같다고 여기게 되었고

마음 좋다는 말은 곧

어수룩하다는 표현이 되었다.

'머리가 나쁘면 손과 발이 고생한다'는 말속에는
손과 발을 쓰는 일이 머리 쓰는 일보다
하위에 있다는 생각이 은근히 깔려 있다.

하지만 알고 보면
정말 중요한 것은 머리가 아닐지도 모른다.
마음이 느끼고 손이 행하고 발이 머무는 것이
더 중요한지도 모른다.

관찰보다는 애정이
애정보다는 실천이
실천보다는 입장이
더욱 중요하다.

눈과 귀와 코는 내 마음대로 할 수 없다.
보고 싶은 것만 볼 수 없고
듣고 싶은 것만 골라 들을 수도 없다.
맡고 싶은 냄새만 선택해서 맡을 수도 없다.
보이는 것은 봐야 하고 들리는 것은 들어야 하고
냄새가 나면 맡아야 한다.

다행히도

내 의지대로 할 수 있는 것이 있다.

입과 손과 발이다.

　　선택의 자유가 있는 내 몸의 기관들에게

　　가능하면 더 좋은 선물을 해주면 어떨까.

　　좋은 말을 하고, 좋은 일을 하고

　　좋은 곳에 가는, 그런 선물을.

가끔은, 내 마음이 어디를 향해 있는지 살펴본다.

마음이 가는 곳에 손이 행하고 있는지.

마음이 시키는 곳에 발이 머무르고 있는지.

또 가끔은, 내 곁에 서 있는 사람들을 둘러본다.

입장이 같은 사람과 함께하고 있는지.

머리보다 더 소중한 마음으로 함께하고 있는지.

내 마음이 머무르고 있는

그곳, 그 사람이 곧 나의 입장이다.

나의 과거, 현재, 미래를 결정하는 모든 것.

나를 이루는 요소 중
가장 중요한 것은 결국, 마음이다.

내 마음은 결국 나만이 알 수 있다는 말은
나의 길은 나만이 정할 수 있다는 말.

지금, 나에게 필요한 마음은
마음이 가는 대로, 바라는 대로 행동하면
바라는 것이 이루어질 거라는 자기 확신.
내 마음을 믿고 나아가는 용기.

내 마음이 닿는 곳에 단단히 뿌리내려보자.
결국 끝까지 가는 힘은 마음에서 나온다.

어떤 사람이 선할 수 있다면

그건 그가 행복할 때에만

자기 안에서 조화를 이룰 때만 가능하다.

그러니까, 그가 사랑할 때만 가능한 것이다.

헤르만 헤세 〈마르틴의 일기에서〉

사랑한다면

바로 지금

이상하게 몸도 마음도 화끈거리고
그 사람만 보면 온몸이 굳는다.
제대로 바라볼 수도 없고, 도망칠 수도 없다.
잠은 오지 않고 눈만 말똥하다.

몸 구석구석 잠들어 있던 세포들이
동시에 깨어나 자신의 역할도 잊고
우당탕탕 소리를 내며
여기저기서 반란을 일으킨다.

가슴이 설레고 심장이 나댄다.
몸 안 이곳저곳에 소란스럽게 싹을 틔우느라
몸살 기운이 번진다.

이별 후에
커다란 폭탄을 맞은 듯한 그 흔적은
영혼에 타투처럼 새겨진다.

　　살아가다가 순간순간
　　꽃잎으로 생생하게 피어나
　　하얀 깃발처럼 흔들어대는 첫사랑.

사랑이 지나갔다고
사랑이 사라지는 것은 아니다.
영혼에 새겨진 사랑 덕에 행복하다.
그래서 사랑이 필요하다.

나이를 먹을수록 뉴스에서만 나오던 일들이
'이제 남 일이 아니구나' 느끼는 횟수가 늘어나고
경험이 많아질수록 드라마에서만 보던 일들이
'바로 내 일이구나' 절감하기도 한다.

마음에 상처 입는 일이 점점 많아지고
'별일을 다 겪는다' 싶은 일이 내게 일어난다.
그래서 산전수전을 지나 공중전까지 겪으며
살아간다는 표현이 있나 보다.

어떤 날에는 내가 공장처럼 느껴지기도 한다.
뭔가를 끊임없이 만들어내야 하고
내 이름을 상표로 걸어야 하고
괜찮은 사람이라는 소리를 들어야 하고
일 잘한다는 소리를 들어야 한다.
그러기 위해 공장을 끊임없이 가동시켜야 한다.

그렇게 우리 인생 공장에서
고독의 독가스, 외로움의 유해물질이라는
삶을 오염시키는 각종 공해가 배출된다.
그래서 '사랑'이라는 공해 방지 시스템,
'사랑'이라는 산소 마스크가 우리에게 꼭 필요하다.

인생길에서 마주치게 되는
어둡고 막막한 터널을 몇 개 지나다 보면
어둠이 스민듯 마음조차 깜깜해진다.

내 안에 빛나던 것들도 흐릿해진다.

이 어둠을 몰아내려면
내가 내 인생에 조명등을 달아야 한다는 것을 알지만
도무지 등을 밝힐 힘이 생기지 않는다.
긍정 마인드를 풀가동해봐도 자꾸만 어깨가 내려간다.
희망에도 피로가 쌓이고 의욕도 줄어든다.

이때, 내 안에서 들려오는 구조 요청 소리.
"누가 나 좀 구해주세요."

　　지치고 힘들 때 도망갈 수 있는 마음의 비상구,
　　뾰족하게 날 서 있던 마음이 동그랗게 풀어져 내리는 곳,
　　차가운 서러움이 따뜻하게 녹아내리는 곳,
　　우리 마음에는 그런 '비무장지대'가 있다.

생의 무기들을 다 풀어놓고
뻣뻣하게 긴장하고 있던 두 팔도 툭 내려놓고
마음 편한 옷으로 갈아입고 가장 순수한 상태가 되는 그곳.
내 마음의 비무장지대에는 사랑이 있다.

사랑은 언제나 두 팔 벌려 나를 반긴다.
그 품에 안기면 서럽던 것도 시리던 것도
모두 나긋나긋 풀어져 내리고 따뜻해진다.

내가 가진 상처와 아픔에서 구해달라고
인생의 SOS를 보내는 존재는 나 자신이다.

인생의 깊은 상처와 아픔에서
나를 구하기 위해 SOS를 보내는 존재,
조난신호를 받고 손 내밀어 구출해주는 존재,
다른 누구도 아닌 나 자신이다.

사랑, 러브는
라틴어인 '루베레lubere'에서 유래한 말로
'기쁘게 하다'라는 뜻.

그러므로 사랑한다는 말은
누군가가 내 마음을 기쁘게 만드는 걸 의미한다.
우리 마음을 기쁘고, 행복하고, 착하게 만드는 것은
오직 사랑뿐이다.

사랑하는 마음으로 하늘을 보면

구름은 사랑하는 이에게 도달하는

푸른 음표가 된다.

사랑하는 마음으로 노래를 들으면

자신의 마음을 그대로 옮겨놓은 것 같아서

가슴이 떨린다.

사랑하는 마음으로 시간과 마주하면

마음에 새겨지는 추억이 고맙게 느껴진다.

사랑하는 마음으로 보면

세상은 우리를 축복하는 예쁜 케이크 같다.

에드나 세인트 빈센트 밀레이의 시

〈활짝 편 손으로 사랑을〉에 이런 대목이 있다.

누군가 모자 가득히 앵초풀꽃 담아

당신에게 불쑥 내밀듯이,

아니면 치마 가득 사과를 담아 주듯이,

나는 당신에게 그런 사랑을 드립니다.

돈이나 시간 혹은 꽃과 보석…

사랑을 표현하는 방법은 많지만

사랑의 마음을 전하는 방법은 한 가지다.

사랑하고 있다면

곁에 있는 사람에게 가능한 한 빨리 전해야 한다.

"사랑했어요"라는 말은 이미 늦다.

그러니 지금 시선을 맞추고

"사랑해요"라고 고백해야 한다.

그 사람의 손을 붙잡고 한 번.

아니, 두 번 세 번 마음을 전해본다.

돌려 말할 필요도 꾸밈도 없이

"당신을 사랑해."

그는 사랑을 하면서 자신을 발견했다.
하지만 대부분의 사람들은
사랑하면서 자신을 잃어버린다.

헤르만 헤세《데미안》

나 자신을 잃어버리게 한다면

그건 사랑이 아니야

마음을 가득 채운 애달픈 사랑.

품고 잠들고 품고 깨어난다.

눈 밑이 젖어도, 가슴께가 아파도

또다시 사랑을 갈망한다.

사랑이 찾아오면 설레고

사랑이 사라지면 슬픔이 밀려온다.

그래서 또 다른 사랑을 찾아 헤맨다.

사랑 없이 못 사는 존재, 우리.

왜 사랑을 갈구할까?

왜 그렇게 사랑 때문에 애가 탈까?

양말 한 켤레가 짝을 이루듯이

기차 바퀴가 다른 한쪽과 균형을 이루듯이

볼트와 너트가 서로 아귀를 맞추듯이

내 짝을 찾아 헤맨다.

애타게 찾았으나 내 것이 아닐 때도 있다.

맞지 않는 짝은 더 큰 외로움을 준다.

서글픈 사랑에 한숨지으며

또 다른 반쪽을 찾아 헤맨다.

그러나, 외로움을 달래기 위한 사랑

허전함을 달래기 위한 사랑은 영원할 수 없다.

더 큰 상처, 더 깊은 외로움의 이력만 쌓이게 된다.

흔히 사랑에 '빠진다'는 표현을 쓴다.

시작은 마치 빠져드는 것처럼 느껴지기도 한다.

그러나 매혹은 일시적일 뿐.

빠져드는 감정은 황홀하게 타올랐다가 쉽게 사그라든다.

사랑이 본격적으로 시작되는 건 이때부터다.

풍덩 빠져 있을 땐 보이지 않던 상대가 보이기 시작한다.

사랑을 하는 나 자신도 보인다.

이 사랑이 나를 나답게 하는지, 성장시키는지

돌아볼 필요가 있다.

그러나 나를 돌아보는 일이란,

나의 사랑을 들여다보는 일이란,

참 쉽지 않은 일이다.

어떤 이는 사랑하는 동안

자신의 색채감을 더 뚜렷이 드러내며

세상 속에 더 당당해져간다.

어떤 이는 사랑하는 동안

자신의 존재는 점점 스러지고

어느 순간 상대방에 자신을 귀속시켜

자아의 경계마저 무너져버린다.

또 어떤 이는 외로움을 달래기 위해

사랑에 나 자신을 모두 쏟아붓고,

상대도 내가 한 것과 똑같이 해주기를 바란다.

이렇게 둘을 합해 또 다른 하나가 되길 원한다면…

이 사랑은 영원할 수 있을까?

　　사랑을 하면서도

　　당당히 내 자아가 반짝여야 한다.

　　사랑으로 더 환하게 내 존재가 빛나야 한다.

그런데 사랑으로

내 존재는 사라지고 그림자밖에 남지 않는다면

과연 제대로 사랑하고 있는 것인지 돌아봐야 한다.

사랑이라는 이름으로

그 사람의 일거수일투족을 알려고 든다면,

그 사람과 스물네 시간 연락이 닿아야 한다면,

그 사람의 인간관계를 다 알아야겠다고 한다면,

이 사랑은 괜찮은 걸까?

아니, 사랑이긴 한 걸까?

사랑하는 사람의 시간과 시선을

다 독차지하려고 하는 이기적인 사랑은

결국 사랑하는 사람을 날지 못하는 새로 만들어버린다.

사랑하는 사람을 향기와 매력이 없는 꽃,

시든 풀잎으로 만들어버린다.

사랑은, 그 사람을 시들게 하는 일이 아니다.

그 사람을 생기 있게 만드는 일이다.

그 사람을 옆에 묶어두는 게 아니라

훨훨 날아가게 만드는 일이다.

　　진정한 사랑은 오히려

　　그 사람에게 시간의 자유를 선물한다.

　　훨훨 세상 속을 날아갈 수 있는 큰 날개를 선물한다.

이런 사랑은 이별 후에도 나를 성장시킨다.

그와 함께 있을 때 나의 존재가 더 소중해지는 기분,

그를 위해 더 나은 내가 되고 싶어지는 마음,

함께 있을 때 모든 불행이 사라지는 것 같은 느낌,

그것이 사랑이다.

"넌 내 거야!"라고 아무리 외쳐봐도

도대체 누가 누구를 소유할 수 있을까.

사랑은 소유권 주장이 아니다.

사랑하기 때문에 자유를 주는 것이다.

소유한다는 것은

잃을 수 있다는 말이다.

그러나 소유하지 않으면 잃지도 않는다.

세상에서 가장 소중한 것을

소유하지 않고 지니는 것..

소유하지 않고 간직하는 것.

사랑은 그저 그렇게

내 영혼 속에 스며들어 머물 뿐.

궁금합니다.

찢겨진 내 마음은 왜 이대로 내버려두는지.

사랑을 잃어버린 슬픔에 싸인 날 위해선

왜 울어주지 않는지.

그대를 그리워하다 지쳐 하루를 마감하는 나는

왜 외면하며 모른 척하는지.

헤르만 헤세 〈사랑〉

사랑과 이별이
두고 간 이야기

인도 사람들은 대화할 때
꼭 상대의 얼굴을 바라본다고 한다.
입보다 눈이, 더 많은 걸 말하고 있다고 믿기 때문이다.

그러고 보면, 세상에서 가장 행복한 일은
사랑하는 사람과 마주 앉아
그 눈을 들여다보는 일이 아닐까.

시선의 마주침은
영혼의 키스.

하지만 현실의 나는

그와 눈을 마주칠 수 없었다.

내 마음을 들킬까 봐…

그를 만나지 못하는 시간에는 사진을 본다.

사진 속의 그가 나를 응시하고 나도 그를 맘껏 바라본다.

그러다 그의 눈이 하는 말을 듣고 싶어진다.

그래서 뚫어지게 본다.

'이봐요… 내 맘이 보이나요?'

괜한 투정을 부려보면서.

서로 사랑하지만

평생 그리움만 안고 사는 사람들이 있다.

평생 동안 함께하지 못하고

같은 주소지를 가져보지 못하는 사람들.

그들은 슬픈 사랑을 하는 사람들이다.

사랑의 흔한 엔딩은 이별이다.

한 사람의 마음이 먼저 변하거나

시간이 두 사람을 갈라놓거나

한 사람의 죽음으로 두 사람은 이별한다.

이별 후 한동안은 괴롭고 외로운 날을 보낸다.

왜 헤어졌는지 곰곰이 생각하기도 한다.

헤어진 이유를 해결하지 못한 자신이 미워지기도 한다.

이별을 선택한 상대방을 답답해하다가

이별의 원인을 제공한 그 무엇을 원망하기도 한다.

어느 거리에서 우연히 만나는 상상을 한다.

보내지도 않을 문자를 써놓고 불면의 밤을 보낸다.

그를 추억하는 일에 시간을 쓴다.

이쯤 되면 나는 더 이상 내 삶의 주체가 아니다.

나의 영혼은 그 사람의 식민지가 되어버린다.

끝났다고 끝난 게 아닌 것이다.

가슴 한구석에 자리한 지울 수 없는 기억들,

이별 후에 남은 흔적들 역시 사랑이다.

만남보다 더 치열한 사랑이다.

사랑은 쓰디쓰지만,

이별이란 고통을 데려오지만,

그래도 우리가 계속 사랑할 수밖에 없는 이유는

사랑이 마음을 더 성숙하게 하기 때문이다.

성숙은 차이를 포용할 줄 아는 능력이다.

절망적인 상황에도 희망을 포기하지 않는 마음이다.

슬픔을 불만이나 원망 없이 받아들일 줄 아는 마음이다.

성숙은 마음속의 폭풍우를 잠재우고

마음속의 전쟁을 무력화할 수 있는 능력이다.

비슷한 것 같아도 성숙과 연륜은 다르다.

연륜이 쌓여가는데도

마음에 부는 바람이 자꾸만 더 거세지고

원망과 불안과 미움이 깊어진다면

성숙해진 것이 아니다.

가슴 떨리는 황홀과 치가 떨리는 매정함 사이.

아직 다하지 못한 사랑의 미련 때문에

눈물 맺히는 시간 속에서

나에게 성숙을 가져다준 사랑을 떠올려본다.

마음에 폭풍을 선물한 사랑이 지나간 후

그 자리에 남은 것은 무엇일까.

그 시간은 나를 어떤 모습으로 바꿔놓을까.

잊으려고 노력한 시간만큼 성숙하게 되고,

그 사람 입장에서 이별을 생각할 수 있게 되고,

아픈 만큼 세상을 더 사랑하게 되는

그래서 세상과 삶이 더 아름다워지는 것.

이것이 사랑의 본질이다.

이별이 아플 줄 알지만

그래도 사랑을 하는 이유는

언젠가는 떨어질 줄 알면서도 계속해서

꽃을 피워내는 이유와 다르지 않다.

사랑하는 동안,

사랑을 보내는 동안,

그 이후에도 오랫동안 사랑은… 아프다.

　　그러나 사랑하고 아픈 것이

　　사랑하지 않고 아프지 않은 것보다 낫다.

4장.

내가 힘들 때

그냥 꼭 안아주면 좋겠어

인생에 주어진 의무는 다른 아무것도 없다네.
그저 행복하라는 단 하나의 의무뿐.

헤르만 헤세 〈행복해진다는 것〉

인생의 의무는 단 한 가지, 행복할 것

공부를 하면, 노력한 만큼 결과가 나온다.

운동을 하면, 쏟은 노력만큼 승패가 나뉜다.

농사도, 씨를 뿌리고 애써 가꾼 만큼 수확한다.

행복도 그렇다.

노력한 만큼 행복하고

연습한 만큼 행복의 양이 늘고

공부한 만큼 행복의 질이 높아진다.

그럼 어떻게 하면 더 행복해질 수 있을까?

우리는 항상 행복을 바라지만
현실은 늘 머리가 아프다.

잘 지내고 싶은 사람과 얼굴 붉히는 사이가 되기도 하고
떠나보내고 싶지 않은 사람과 슬픈 작별을 하기도 한다.
평화롭게 살길 원하지만 이익을 위해 으르렁거리기도 하고
잘해보려고 했던 일이 꼬여서 엉뚱한 결과를 내기도 한다.

이렇게 내 마음 같지 않은 일은
살면서 계속 일어난다.
어쩌면 일상의 매 순간이
피할 수 있는 일과 피할 수 없는 일의
연속일지도 모른다.

피할 수 있는 일이라면
나의 불행을 미리 예방할 수 있다.
그 일을 피하고 하지 않으면 되니까.
그러나 피할 수 없는 일도 있다.

학생은 공부를 피할 수 없고
성인이 된 후에는 일을 피할 수 없다.

세월을 피할 수 없고
얼굴에 어리는 잔주름도 피할 수 없다.

피할 수 없는 일이 일어났을 때
누군가는 짜증을 내며 불행의 늪에 잠긴다.
그러나 또 누군가는 기왕 하는 거
즐겁게 하자며 미소로 받아들인다.

피할 수 없을 때 애써 즐기는 마음,
그건 다른 누구를 위한 것이 아니라
나 자신을 위한 마음이다.

피할 수 없는 그 일은 가끔
뜻밖에 즐거운 에너지가 되기도 한다.

즐거운 기분은 뇌의 윤활유와 같다.
좋은 기분은 어떤 판단을 내려야 할 때
현명한 판단을 할 수 있게 하고
중요한 원칙들을 제대로 활용할 수 있게 해준다.

머리와 가슴은 하나로 연결되어 있다.

그래서 감성이 풍부하고

좋은 기분을 유지할 줄 아는 사람이

더 자주, 많이 행복하다.

　　'나는 지금 행복하다'는 사실을

　　한껏 느끼며 살아가는 사람은

　　인생의 의무를 잘 지키고 있는 사람이다.

　　우리 인생에 주어진 의무는 단 하나.

　　행복할 것!

행복은 정말 멀리 있지 않다.

이 순간 나에게 주어진 행복을 보면 알 수 있다.

지금 내가 누릴 수 있는 것들이 무엇이 있고

지금 내가 사랑할 수 있는 것들이 얼마나 많은지,

이런 분명한 사실을 받아들이고 누릴 수 있다면

행복은 의무가 아니라 권리가 된다.

《월든》의 작가 헨리 데이비드 소로는 아침에 일어나

행복한 일을 한 가지씩 소리 내어 말했다고 한다.

나도 매일 아침 이렇게 말해본다.

"라디오에서 좋은 음악이 흘러나오네. 얼마나 좋아!"
"화분에 꽃이 피었어. 얼마나 좋아!"
"오늘 저녁에는 반가운 친구를 만날 거야. 얼마나 좋아!"

우연히 발견되고 우연히 시작되는 것은 없다.
무언가 간절히 원하는 것이 있다면 그것은 이루어진다.
자신의 내면에 귀 기울이고 집중해야 한다.

헤르만 헤세 《데미안》

깊은 소망은

기적을 일으키지

"엄마 손은 약손, 엄마 손은 약손…"
배탈이 났을 때 배를 쓸어주던 따스한 손길.

어릴 때는 소화 기능이 약해서 그런지 배가 참 자주 아팠다.
그럴 때면 어김없이 엄마 손이 아픈 배 위에 얹어졌고
"엄마 손은 약손"이라는 목소리와 함께
온기를 품은 따뜻한 손길이 느껴졌다.

엄마 손이 아픈 배를 만져주면
정말 신기하게도 아픔이 사라지곤 했다.

신기해서 '엄마 손에 진짜 약이 들어 있나' 하고
가끔 엉뚱한 생각을 할 정도였다.
그런데 그것은 마음의 힘이었다.

따뜻한 손이 닿을 때 전해지는 위로와 위안
그리고 엄마의 사랑이 아픔을 치유해준 것이다.
상처에 엄마가 '호오' 불어주면 다 나은 것 같았고,
마음이 찢어지게 아파도 엄마가 안아주면
그런대로 견딜 만했다.

엄마의 위로로 아픔이 옅어지는 것을 가리켜
피그말리온 Pygmalion 효과라고 한다.
그리스 신화에서 유래한 이 용어는
'무슨 일이든 기대한 만큼 이루어진다'는 뜻을 가지고 있다.
교육학 쪽에서는 아이에게 "잘한다, 잘한다" 칭찬하면
용기를 얻어 더 잘하게 되는 효과를 가리키기도 한다.

반대로 스티그마 Stigma 효과도 있다.
오명, 치욕, 오점이라는 뜻을 가진 단어 스티그마는
"안 돼, 안 돼" 하다 보면 실제로
좋지 않은 결과가 나올 수 있음을 뜻하는 효과다.

간절히 원하면 이루어진다는 의미로

인용되는 피그말리온 효과는

우리에게 '마음의 힘'을 전해준다.

마음이 가는 방향으로 운명도 따라간다.

"지성이면 감천"이라는 속담처럼

지극한 마음은 하늘을 움직일 정도로 힘이 강하다.

사랑하고 믿어주는 마음은 기적을 낳는다.

오래 품어온 사랑이 꼭 이뤄지기를 바라는 마음,

마음에 간직한 꿈이 실현되기를 바라는 마음,

가족의 안녕을 원하는 마음,

세상의 평화를 구하는 마음…

우리 마음은 소원으로 가득하다.

　　마음은 나를 움직이게 하는 힘이다.

　　간절히 원하면 생각의 방향이 그곳으로 향한다.

　　깊이 소망하면 행동이 점차 그곳을 향해 간다.

　　그렇게 운명은 마음 방향대로 바뀐다.

　　소원 가득한 마음이 인생을 조금씩 움직인다.

마음을 다해 간절히 원하는 것이 있다면,

다른 건 몰라도 이것 하나만, 하고 바란다면.

온 마음을 다해 나아가야 한다.

물론 인생은 내 마음 같지 않을 때가 더 많다.

가고 싶은 곳이 너무 멀어서 엄두가 나지 않거나,

내가 정한 방향의 길이 험난해서 눈물이 나거나,

힘들게 도착한 그곳이 낭떠러지일 수도 있다.

마음이 향하는 곳으로 묵묵히 가다 보면

어느 순간 모퉁이가 나오기도 한다.

그 너머에 무엇이 튀어나올지 몰라서

그대로 멈춘다면… 그 길은 거기까지다.

그러나 모퉁이를 돌아서면

그토록 그리웠던 사람이,

그토록 찾아 헤맸던 것이

거기, 놓여 있을지도 모른다.

그러니 막막하고 서럽더라도

모퉁이를 향해 한 발 두 발 나아가보자.

긍정의 마음의 힘을 믿고

두근두근 설레는 마음으로.

'하고 싶다 I Will'가

'할 수 있다 I Can'로 변하는 마법이

우리 인생에 펼쳐진다. 반드시.

행복은 이성이나 도덕과 관계가 없다.
그것은 마법과 같은 것이다.
소박하게 행복한 사람은
요정에게서 선물을 받은 사람,
신의 가호를 받은 사람이다.

헤르만 헤세 《유리알 유희》

요정에게서

선물을 받은 사람

"행복하니?"

이런 질문을 하면
대부분 바로 대답하지 못한다.

"내 인생에 행복한 때가 몇 번이나 있었을까."
"행복이 뭔지 모르겠어."

한 템포 쉬고 돌아오는 대답들은
거의 부정적이고 행복과는 거리가 있다.

언젠가 〈행복〉이라는 TV 다큐멘터리를 본 기억이 있다.
길을 가는 사람들에게 리포터가 질문했다.

"행복한가요?"
사람들은 하나같이 고개를 젓는다.
유치원생부터 어른들까지, 행복한 사람은 없었다.

"왜 불행한데요?"
그 질문의 답에는
경쟁에 치여 사는 슬픔이 투영돼 있었다.

누구나 부러워하는 의사가 되어 병원을 개원한 사람은
건너편 건물에 큰 병원이 들어서자 긴장했다.
누구나 꿈꾸는 회사에 입사한 사람은
보다 유능한 신입사원이 들어오자 긴장했다.

또 어떤 사람은 이웃과 비교하는 아내 때문에
상대적 빈곤을 느꼈다.
어떤 부모와 자식은 서로에게 기대가 너무 커서 미워했다.
어떤 부부는 서로에게 거는 기대가 무거워서 등을 돌렸다.
그때, 행복하게 웃는 한 사람이 등장했다.

그의 직업은 청소부였다.

그는 모두가 잠든 이른 새벽에 일어나 출근했다.

아내도 일찍 일어나 그를 배웅했다.

부부는 서로의 뺨에 뽀뽀를 하며

"우리 아내 예쁘다" "우리 남편 멋지다"를 연발했다.

세상 잣대로 보면

예쁠 것도 잘난 것도 없는 그들이지만,

부부의 눈에는 서로가 참 예쁘고 참 멋진 듯했다.

어둑한 새벽 거리의 적막을 뚫고 청소차가 나타났다.

쓰레기를 수거하는 남자의 얼굴에는 웃음이 가득했다.

사는 게 고맙고 행복하니, 새벽도 고맙고 행복하고.

일이 고맙고 행복하니, 쓰레기도 고맙고 행복하고.

그 남자의 얼굴에는 행복이 넘쳐났다.

이런 관점으로 보면

우리에겐 당연한 것들도 감사할 일투성이다.

번듯한 외모, 타고난 건강, 단란한 가족까지.

그러나 행복이 아닌 불행을 발견하는 이들이 더 많다.

남들은 다 이뤘는데 나는 이룬 게 없다고
남들은 많이 가졌는데 나는 너무 가진 게 없다고
남들은 운이 좋은데 나는 운이 나쁘다고
불평했고 불행해했다.

이와 반대로, 모든 것이 다 감사하다는 사람도 있다.
값비싼 찬이 없어도, 밥을 먹을 수 있으니 감사하고
병원 신세를 지고 있지만, 아직 살아갈 수 있으니 감사하고
눈은 보이지 않지만, 말을 할 수 있으니 감사하다고 한다.

　　불만 채널을 감사 채널로 돌리고
　　내 마음의 주파수를 '감사함'으로 고정시켜놓는 일.
　　어쩌면 이것이 어둑한 그늘의 삶을
　　태양의 삶으로 바꾸는 유일한 비결이 아닐까.

　　내가 하고 있는 일, 내 곁에 있는 사람,
　　무엇보다 지금 이 시간을 소중히 여길 줄 아는 것.
　　그것이 행복의 유일한 조건일 것이다.
　　그래서 행복의 반대어는 불행이 아니라 불만이다.

신은 인간이 쉽게 찾을 수 없도록

오히려 가장 가까운 마음속에 행복을 꽁꽁 숨겨뒀다고 한다.

마음 속의 숨겨진 행복은 누가 대신 꺼내줄 수도 없다.

내 마음속 사정은 나만 알 수 있으니까.

'난 이래서 행복해' 하는 것들,

내가 느끼는 행복의 요소를 하나하나 꼽아보자.

거창하고 위대한 것을 꼽지 않아도 된다.

예를 들어, 아주아주 사소한 것들.

"아이스크림을 먹었는데 정말 맛있었어."

"좋은 노래 한 곡을 새롭게 알게 됐어."

이렇게 하나하나 꼽아보면

열 손가락이 금세 모두 접힌다.

"와! 내가 이렇게 행복한 사람이었다고?"

내 어깨가 한껏 솟는다.

보일 듯 보이지 않고, 닿을 듯 닿지 않는

행복은 우리를 애태운다.

파랑새를 찾아 떠도는 아이처럼

우리는 행복 속에 있으면서 행복을 찾아 헤맨다.

당신의 오늘이, 어제보다
조금이라도 덜 슬프길 바란다면
"행복하고 싶어요"라는 말 대신
"난 행복해요"라고 말해보기를.

행복이라는 이 다정한 연인은
이 세상 마지막 순간까지 내 곁에 있을 것이다.
내가 버리지 않는 한 말이다.

그러니 명심할 것은 한 가지뿐이다.
사랑을 느끼는 순간, 사랑이 내 것이 되듯
행복을 느끼는 순간, 행복은 내 것이 된다.

나만의 행복을 찾는 일은
그래서, 아주 어렵지도 불가능하지도 않다.

우리는 천국에서 쫓겨났을 때에만

비로소 그곳이

천국임을 알게 되곤 한다.

헤르만 헤세 〈에른스트 모르겐탈러〉

천국에 살고 있으면서
천국을 꿈꾼다

"나는 이제 내 생애에 몇 번의 봄을 더 맞게 될까?"

꽃 중에서도
꽃이 진 후에 돋아나는 연두꽃을
가장 좋아하셨던 우리 엄마.

봄날이
인생의 마지막 봄인 것처럼
하루하루 고맙고
순간순간이 간절하다고 하셨다.

꽃이 진 자리에 서서 문득문득 엄마 생각.

엄마에게 업혀 연두꽃 나무 아래를 거닐던 날.

엄마 등에서 내리고 싶지 않아서

집에 다 왔는데도 잠든 척했다.

포근하고 향기롭고 편안해서…

가장 빛나는 시간은 그렇게

일상 속에 스며있고

가장 설레는 시간은 그렇게

사랑하는 사람과 시선을 맞추는 순간이다.

그러나 우리는 자꾸 잊어버린다.

지금 내 곁을 지켜주는 그 사람이

참 좋은 사람이라는 사실을,

생의 마지막 순간이 오면 그 사람이

결국 보고 싶어질 거라는 사실을.

　　행복한 순간에는 행복한 줄 모르다가

　　행복이 지나고 나서야 비로소 알게 된다.

　　행복은 그렇게 언제나

　　떠나가면서 제 모습을 보여준다.

내 인생의 가장 소중한 것들은
생의 마지막 순간에 알게 되는 것이라는
사실을 깨닫기 위해서 우리는
후회와 그리움이라는 인생의 수업료를 지불한다.

함께 만나서 대화하고 산책하고 여행하고…
이 모든 일상의 시간에 '잠시 멈춤' 팻말이 붙었다.
어쩔 수 없는 이유로 멈추고 나서야 깨닫는다.

　　　소소한 행복이
　　　일상 구석구석에 숨어 있었다는 것을.
　　　그토록 지루했던 평온이, 바로 행복이었음을.

일상을 회복했을 때, 사람들을 만났을 때
하고 싶은 일들을 그려본다.
사람들과 만나서 마음껏 이야기하고,
신선한 아침 공기를 마시며 산책하고,
친구와 이어폰을 한 쪽씩 나눠 낀 채 음악 듣고,
평소에 가고 싶었던 곳으로 가족 여행을 떠나고…

행복해지기 위한 방법은 이토록 사소하고 쉽다.

"나는 지금 행복하다"는 사실을
섬세하게 느끼고,
한껏 받아들이며 살아가는 사람은
감성의 천재, 일급 철학자다.

행복은 보이지 않는다.
만질 수도 없고 들리지도 않는다.
그러나 분명, 모든 순간마다 존재한다.

행복에 다가서는 데는
크게 두 가지 방법이 있다.

하나는
내 곁에 행복이 있다는
진리를 간직하는 것.

또 하나는
당연하다고 생각했던 것들이
사실, 엄청난 축복이라는 것을
나 자신에게 자꾸 알려줄 것.

이 두 가지만으로도

나는 내 인생의 가장 빛나는 순간을

마주할 수 있다.

삶이란 사랑을 통해서만 의미를 얻습니다.

더 많이 사랑하고 헌신할수록

삶은 그만큼 의미 있게 됩니다.

헤르만 헤세 《헤르만 헤세, 내게 손을 내밀다》

사람의 향기는
만 리를 간다

집 앞 골목 어귀에 과채 노점상이 하나 있다.
육십대로 보이는 남매가 운영하는 곳인데
누나는 빠릿빠릿 일을 잘하고,
남동생은 느리지만 인상이 선하다.
비가 오나 눈이 오나, 20년 넘게 장사를 해온 분들이라
지나가는 동네 사람들과 매번 인사를 나눈다.

언니와 나의 집은 과채 노점상을 사이에 두고 있기 때문에,
동네 극장에 영화 보러 가거나 서점에 책 보러 갈 때,
산책 갈 때에도 언니와 만나는 곳은 언제나 그 앞이다.

그날도 그곳에서 언니를 기다리고 있었다.

그런데 과채 노점상의 누나가 보이지 않았다.

혼자 장사하는 남동생에게 질문하니 뜻밖의 답이 돌아왔다.

"길을 건너다가 넘어져서 갈비뼈를 다쳤어요."

안타까운 마음에 쾌유를 빈다는 말을 전했다.

그리고 얼마 후 반백의 노부인이 지나가다가

나와 같은 질문을 했다.

"오늘은 왜 혼자 나왔어요?"

남동생은 나에게 들려준 것과 같은 말을 전했다.

사정을 알게 된 노부인은 몹시 안타까워하더니

남동생에게 말했다.

"누나에게 전화해서 나 좀 바꿔줘요."

남동생은 누나에게 전화했고

수화기를 건네받은 노부인은 이렇게 말했다.

"나는 여기서 가끔 채소 사는 사람이에요.

많이 다쳐서 어떡해요.

푹 쉬라는 계시라고 생각하고 맘 편히 쉬어요.

그리고 내가 동생에게 얼마 안 되는 돈이지만 드리고 갈게요.

뭐 드시고 싶은 거 사 드세요."

혹시, 상대의 자존심을 상하게 할까 염려되었는지

노부인은 말을 덧붙였다.

"알아요, 나보다 더 돈 많으신 거.

잘 알지만, 내가 이렇게라도 마음 전하고 싶어서 그래요.

잘 쉬고 어서 나으세요."

통화를 마친 노부인은

지갑에 있는 돈을 모두 꺼내

동생에게 건네주었다.

"누나한테 전해줘요. 그리고 다음에 내가 뭐 사러 와도

내가 줬다는 그런 얘긴 하지 마세요.

그러면 내가 부담스러워요."

나중에 만났을 때 채소값을 깎아주는 상황이 생길까 봐
미리 배려하는 노부인의 마음이 느껴졌다.

언니를 기다리는 잠시 동안
좋은 글귀로 가득한 책 몇 권을 읽은 느낌이었다.
나는 평범한 인상을 가진 그 노부인의 뒷모습을
영웅을 바라보듯 한참을 바라보았다.

"먼저 와 있었구나? 내가 3분 늦었네! 근데 지금 뭐 봐?"
"언니. 내가 이런 걸 보려고, 언니가 늦게 나왔나 봐."

언니의 발랄한 목소리에 답하면서도
나는 한참 동안 그 뒷모습에서 시선을 뗄 수 없었다.
그 노부인이 내딛는 걸음마다 꽃이 피어나는 느낌이었다.
행복해서 나도 모르게 웃음이 났다.

    꽃은 피기 전에 미리 예보도 해주고
    얼마나 아름다울지 예상할 수도 있지만
    선한 사람에게서 받는 감동은
    전혀 예상하지 못하는 일이라서, 귀해서 더 기쁘다.

언제든 사랑을 베풀 수 있도록

마음이 활짝 열려 있는 사람,

선한 영향력을 가진 사람

나도, 그런 사람이고 싶다.

물질로 인한 기쁨은 조용히 속으로 웃지만

사람이 주는 기쁨의 웃음은 담벼락을 넘는다.

꽃향기는 천 리를 가지만

사람의 향기는 만 리를 간다.

　　세상에서 가장 아름다운 꽃은 '사람'이다.

　　세상에서 가장 멀리 가는 향은 '사람의 향기'다.

명랑함에 도달하는 것이
가장 높고 가장 고귀한 목표라네.
명랑함은 최고의 안식이자 사랑이고
모든 현실에 대한 긍정이며
심연과 나락의 절벽 끝에 서서도
정신 차리고 깨어 있는 일이야.

헤르만 헤세 《유리알 유희》

매력의 비법은

맑은 명랑함 속에 있어

"클레오파트라의 코가 1센티만 낮았어도
세계의 역사는 다시 쓰였을지도 모른다."

철학자 파스칼의 말로 알려진 이 문장은
우리의 상상력을 자극한다.
'그녀는 과연 미인이었을까?'

2001년 영국 대영박물관의 〈클레오파트라 특별전〉을 통해
클레오파트라의 실제 모습이 사람들에게 공개됐다.
이 전시에는 그녀가 쓰던 꽃병, 보석, 그림, 조각 등

그녀와 관련된 것들이 모두 모여 있었지만
사람들의 이목은 클레오파트라의 조각상에
집중되어 있었다.

그런데 그 모습은 사람들의 상상과는 180도 달랐다.
엄숙한 표정을 한 평범한 얼굴에 150센티 남짓한 작은 키,
통통한 목덜미와 엉망인 치아를 보며 사람들은 경악했다.
특히나 그녀의 코는 뽀족한 매부리 모양이었다.
그동안 사람들의 머릿속에 있던 클레오파트라에 대한
미의 신화는 와장창 깨져버렸다.

사실, 클레오파트라의 특별함은
외모가 아니라 뛰어난 재능과 지적인 두뇌에 있었다.
몇 개의 외국어를 능숙하게 구사할 만큼
언어적 능력이 탁월했고 유머 감각 또한 뛰어났다고 한다.
그녀의 지성과 교양, 카리스마는
어느 누구도 따라가지 못할 만큼 매력적이었다.

그러니까 클레오파트라를 상징하는 말은
'클레오파트라의 코'가 아니라
'클레오파트라의 지성'으로 바뀌어도 될 듯하다.

여자의 미모는 생명이 짧다.

중요한 것은 지성과 세상을 밝게 보는 내면이다.

남자 역시 마찬가지다.

멋진 남자란?

마음속 깊은 곳에서

인간성에 부드러운 눈을 돌릴 수 있는 사람.

이런 사람에게 나는 매력을 느낀다.

시오노 나나미는 《남자들에게》라는 책에서

자신이 만났던 멋진 남자에 대해 이렇게 회상했다.

이탈리아 정부의 높은 지위에 있던 한 남자는

그녀를 만날 때, 아주 다급한 비상벨만 빼고는

전화를 연결하지 말라고 했다.

10분은 짧은 시간이지만 그 시간만큼은

지금 앞에 있는 사람에게 충실하려 하는 그의 모습에

굉장한 매력을 느꼈다고 한다.

사람을 만나면서 자꾸 핸드폰을 보거나 전화를 받는다면

그는 사람이 아니라 핸드폰을 만나고 있는 것이다.

도서관에 앉아서 영화 속 장면만 계속 생각하고 있다면

그는 도서관에 있는 것이 아니라 극장에 앉아 있는 것이다.

사무실에 앉아서 연인만 생각하고 있다면

그는 일이 아니라 연애를 하는 것이다.

현재 처지를 잊고 과거 생각만 하면

지금을 사는 게 아니라 과거를 사는 것이고,

지금 해야 할 일을 내일로 미루면

현재를 사는 게 아니라 미래를 사는 것이다.

    대화할 때 상대의 말에 귀 기울이고,

    춤을 출 때는 춤만 생각하고,

    노래를 부를 때는 노래에 집중하고,

    놀 때는 충분히 즐겁게,

    일할 때는 뜨겁게 일하는 열정.

    그것이 사람을 매력적으로 만드는 요소가 아닐까.

인생을 사는 일은

누구에게나 슬프고 외롭고 힘든 일이다.

그래서 울기는 쉽지만 웃기는 어렵다.

한 사람이 지닌 밝음은 곧,
인생을 받아들이는 인품의 깊이인 것이다.

매력 있는 사람이 되기 위한 비법은
그래서 이 한마디로 정리할 수 있다.

"생을 사랑하라. 그리고 자신을 사랑하라.
그것이 곧 당신의 매력이 될 수 있다."

우리가 슬픔에 빠져
삶을 더 이상 감당할 수 없을 때
나무는 이렇게 말한다.
가만! 가만! 나를 바라봐!
삶이란 쉬운 것도 어려운 것도 아니야.

헤르만 헤세 《헤르만 헤세, 가을》

삶이란,
쉬운 것도 어려운 것도 아니야

거리의 나무들은
계절마다 다른 모습으로
삶의 철학을 전해준다.

봄의 꽃은 어김없이 피어나야 하는
숙명을 지니고 한꺼번에 피어난다.
마치 누군가에게서 "피어나라"는 명령을 받은 것처럼.

그러나 아름답다는 찬사와 눈길도 며칠뿐,
지고 나면 아무도 거들떠보지 않는다.

꽃은 그래도 꽃 피우기를 멈추지 않는다.

오히려 절정의 순간이 잠시뿐임을 잘 알기에

더 맹렬히 꽃을 피운다.

봄의 꽃, 벚꽃은 그 자체로 이미 봄이다.

다른 사람에겐 어떻게 보일까?

아마도 저마다 다른 벚꽃을 보고 느끼고 있지 않을까.

달콤한 걸 좋아하는 아이의 눈에는

커다란 솜사탕처럼 보이고,

배고픈 이에겐 쌀가루처럼 보일 듯하다.

축제의 추억이 있는 이에겐 불꽃처럼

하얀 눈의 추억이 있는 이에겐 함박눈처럼 보일 것이다.

영화를 좋아하는 이에겐 풍성한 팝콘처럼 보이고,

음악을 좋아하는 이에겐 지상에 찍히는

아름다운 음표처럼 보일 것이다.

비상의 꿈을 지닌 사람에겐

나비의 춤으로 보일지도 모르겠다.

아름다운 봄의 나무,

목련이 피어나면 엄마가 그리워진다.

양산을 쓰고 햇살 속으로 걸어가는 엄마 모습을
손차양을 만들어 바라보던 어린 시절이 생각난다.
그날의 엄마 모습을 닮은 꽃, 목련…

가장 아름답게 피었다가
가장 처량한 모습으로 지는 목련은
시간의 매듭마다 아주 치열하게 일생을 살아간다.

겨울바람과 꽃샘바람을 이겨내고
변덕스러운 봄바람에 자주 흔들리면서도
꿋꿋이 아름답다가 미련 없이 이별한다.

한평생 악한 구석 없이,
미운 사람 없이 생을 살아냈던 엄마…
반면 실바람에도 자주 흔들리는 나를 돌아보게 하는
목련은 엄마를 닮은 꽃이다.

봄의 나무들은 일제히 꽃나무가 된다.
연둣빛 새싹을 틔우다가
여름에는 온통 초록으로 물들인다.
여름 나무에는 매미들이 맹렬히 노래하며

인생이란 이렇게 치열하게 살아내는 것이라고 전해준다.

그렇게 뜨겁고 치열한 열정 수업이 여름내 이어진다.

가을이 되고

나뭇잎이 여러 색으로 물들면

그때부터 내려놓기 수업이 시작된다.

지치면 쉬어 가도 좋다는 듯

힘들면 내려놓아도 좋다는 듯

나무는 훌훌 잎사귀를 세상에 떨어뜨린다.

겨울이 되면

나무는 자신의 이름조차 내려놓는다.

나목이 되어 어떤 나무였는지도 알 수 없게 된다.

앙상한 가지를 드러내며

화려한 무대에서 퇴장하는 법을 알려준다.

　　가만! 가만! 나를 바라봐!

　　삶이란 쉬운 것도 어려운 것도 아니야.

깊은 슬픔에 빠져 도저히 감당할 수 없을 때

한결같이 그 자리에서 등을 내어주는 나무.

나무는 마음이 아플 때면
새들이 앉아서 노래를 불러주고,
한숨을 내뱉고 싶을 때면
지나가는 바람을 붙잡아
잎을 흔들어 먼저 한숨을 지어준다.
미련을 버리지 못하고 있을 때면
무수한 잎사귀를 떨구며
버림의 철학, 떠남의 미학을 일러준다.

나무는
사랑의 철학자이기도 하다.

서로서로 간격을 두고 서서
상대방의 영역을 침범하지 않는다.
그립다고 가까이 가려고 하지 않는다.
그저 바라보면서 그리움을 삭인다.

사랑의 절제를 아는
다가가고 싶은 마음조차 상대를 위해 참아내는
나무는 철학자,
나무는 강하고 당당한 생의 전사다.

매일 문을 열고 나가면

거리의 철학 선생을 만날 수 있다.

오늘은 나무에게

또 어떤 인생 수업을 받게 될까?

음악은 내 생각에 도덕적이지 않아서 참 좋습니다.

다른 건 모두 도덕적입니다.

나는 도덕적이지 않은 걸 찾고 있습니다.

도덕적인 것에 늘 시달렸거든요.

헤르만 헤세 《데미안》

누가 음악 없이
살 수 있을까요

음악을 듣다 보면
현실이 아득해질 때가 있다.

그럴 땐 계절도 잊고
내가 지금 어느 장소에 있는지
어떤 시간에 있는지도 잊어버린다.

한겨울에 음악 속에서 봄을 만나고,
내 방 한구석에 앉아 음악을 듣다가
북유럽의 자작나무 숲을 내달리기도 한다.

어떤 음악은

마음의 밑바닥에 미세한 파도를 일게 하고

옛 기억들이 실타래처럼 풀려서

끝없이 따라오게 하기도 한다.

또 어떤 음악은

멀리서 그리운 이가 다가오는 것 같은 느낌을 주고

짙은 안개 속에서 길을 잃은 것 같은

막막한 심경으로 이끌기도 한다.

가슴 한가운데에 슬픔 덩어리 하나

쿵! 던져놓기도 하고

시원한 바람을 선물하기도 한다.

마음에 화살처럼 꽂혀서

영혼을 마구잡이로 흔들어놓는 음악도 있다.

음악을 들으며 눈물 흘리는 것은

슬픈 감정과 다른 것이다.

너무 아름다워서 흐를 때도 있고

너무 애달파서 흐를 때도 있고

추억 때문에, 그리움 때문에 눈물이 흐를 때도 있다.

쇼팽의 음악은 눈물 방아쇠다.

쇼팽은 내 눈물의 방아쇠를 당기는 사수다.

나는 정말 하늘에 있는 쇼팽에게 편지를 보낼 뻔했다.

'이렇게 날 울리면 어떡합니까'라고.

그런데 이미 안나 게르만이라는 가수가 편지를 대신하여

〈쇼팽에게 보내는 편지The Letter to Chopin〉라는 노래를 불렀다.

　　　은하수로부터 밤이 밀려와

　　　반짝이는 장미 잎들이 바람에 흔들립니다.

　　　하지만 이곳을 떠나기 전에

　　　포도주 같은 당신의 음악에 흠뻑 취하고 싶어요.

　　　내 마음속에는 당신의 멜로디가 남아 있습니다.

안나 게르만이 노래로 띄워 보낸 편지의 수신인인 쇼팽,

그의 생애는 두 가지로 요약된다.

우수의 음악 그리고 슬픈 사랑.

쇼팽은 살면서 사랑의 실패를 거듭했고

그중에서도 여섯 살 연상의 작가

조르주 상드와의 러브 스토리는 아주 유명하다.

너를 위하여 나는 땅바닥을 기어도 좋다.
나는 너를 위해서만 살고 싶다.

짧은 글 안에서도 느껴지는 그의 애절한 사랑.
누가 이토록 깊이 사랑할 수 있을까.
그의 음악에는 아픈 사랑이 스며 있다.

영화 〈쇼생크 탈출〉의 주인공 앤디는
음악을 '누구도 빼앗아 갈 수 없는' 아름다움이라고
표현했다.
이 영화의 명장면 속 모차르트의 오페라 곡
〈저녁 산들바람은 부드럽게 Che soave zeffiretto〉는
특히 저녁 시간에 들으면 좋다.
하루 끝에 이 노래를 들으면
감사의 인사가 저절로 터져 나온다.

쿠바의 음유시인 파블로 밀라네스의
〈욜란다 Yolanda〉라는 곡은
연인인 욜란다에게 바치는 뜨거운 사랑의 고백으로
노래라기보다 차라리 사랑의 선언이다.

음악을 들을 때만큼은

갑옷도 의무감도 다 내려놓고 완전히 무장해제가 된다.

세상에 오직 음악만이 존재하는 듯

가끔은 그렇게 음악에 푹 빠져들어도 좋다.

슬플 땐, 마음에 스며들어 눈물을 치유하고

즐거울 땐, 분위기를 흔들어 행복을 전하는 음악.

음악이 없다면 우리 생은 얼마나 서걱거릴까.

아바는 노래 〈음악에 감사를Thank you for the music〉을 통해
우리에게 묻는다.

"누가 음악 없이 살 수 있죠? 음악이 없다면 우리 인생은
어떻게 될까요?"

나는 대답한다.

'음악 없는 세상은 상상도 하고 싶지 않다'고.

"고마워, 음악."

인생에서 처음부터 끝까지
얽히고설킨 내용을 모두 기록한다면
세계사만큼이나 풍부한 서사시가 탄생할 것입니다.

헤르만 헤세 《서간집》

세상에 한 권뿐인

나의 이야기책

"나 어떻게 살아야 할까요?"

누군가 이렇게 물어오면

나는 대답한다.

자서전을 써보라고.

두서없어도 괜찮다.

꼭 시간순으로 적지 않아도 괜찮다.

자서전이라는 말이 부담스럽다면

조금 긴 일기라고 생각해도 좋다.

매일 조금씩이라도

내 과거의 어느 순간이 기억나면

그 순간을 기록해보는 것이다.

스스로 자신이 걸어온 길을 돌아보며

자서전에 기록하는 순간

나는 하나의 역사가 된다.

그렇다면, 역사는 뭘까?

한 시대를 휘어잡았던 영웅 이야기만이 역사가 아니다.

우리가 살아왔던 인생도 역사다.

그 인생 속에서 한 사람을 만나

사랑했던 것 역시 역사다.

처음 만나던 날의 설렘,

만나고 싶어서 애태우던 시간,

그 사람을 만나러 달려갈 때 머리를 스치던 바람,

그 사람과 나눈 눈빛과 숱한 이야기,

시간이 지나 불어닥친 이별, 눈물, 그리움.

그리고 아직도 사무치거나 잊힌 기억들…

그 인생 속에서 변화하고 성장한
내 모습이 바로 역사다.

난생처음 혼자 무언가를 해냈을 때의 성취감,
입학과 졸업, 숱하게 만나고 헤어진 친구들과의 추억,
하고 싶은 일과 해야만 하는 일 사이에서의 고민,
혼자라는 생각에 고단하고 힘들었던 날들,
시행착오 속에서 울고 웃으며 조금씩 성장한 순간들…

　　누구에게는 사소할 수 있는 나의 역사,
　　그러나 나에게만큼은 그 어떤 역사보다 위대하다.

어느 날 엄마가 탄식처럼 내뱉었던 말
"내 인생을 소설로 쓰면
대하소설이 나올 거야."

저마다의 인생이 다 그렇다.
마음을 주고받던 사랑의 역사도 있고
꿈을 이루기 위한 처절한 선택의 역사도 있다.
오랜 흉터를 보며 상처를 극복해온 시간을 기록하기도 하고
상처 입었던 그날의 사건 사고를 기록해보기도 한다.

어느 날의 이야기를 쓰다가 눈물이 날지도 모른다.
고통스러운 기억이 고달파 울기도 하고
사랑받은 기억이 행복해 웃기도 하고
기억 속 그 사람이 그리워 애상에 잠길지도 모른다.

살아온 시간을 기록하는 자서전은
내 삶의 오류와 진실을 엿볼 수 있는
유일한 기록이고, 내 인생의 역사다.

만약 당신이 자서전을 쓴다면
지금 이 시간의 느낌은 어떻게 기록될까?
그 자서전 속에 등장하는 주요 인물은 누구일까?

5장.

사라지는 게 아니라

간직되는 시간들

나는 어린아이가 돼서 또다시 새롭게 시작하기까지

얼마나 많은 어리석음과 옳지 않음을 행하고

환멸과 비애를 겪었던가.

헤르만 헤세 《싯다르타》

어른이 될수록 조심해야 할 항목이 늘어난다.

이런 감정은 드러내면 안 되고

이런 말은 삼가야 하고

이런 행동은 하지 말아야 하고…

어른이 될수록 지녀야 할 항목도 늘어난다.

집을 사야 하고

땅을 가져야 하고

통장 잔고가 풍요로워야 하고…

어른이 될수록 지켜야 할 사람들도 늘어난다.

가족을 부양해야 하고

친구에게 잘해야 하고

이웃에게도 친절해야 하고…

그래서 어른은 아무 데서나 울 수 없다.

어른은 함부로 감정을 드러낼 수 없다.

더 많은 것을 가지고, 지키고, 책임져야 하는

어른의 그림자는 그렇게 발밑에서 하염없이 길어진다.

어른이 되면서 점점

감정 표현에 서툴러지는 걸 느끼던 어느 날,

문득 이런 생각이 들었다.

> 감정 표현이 서툰 게 아니라
>
> 감정을 갖는 것 자체가 서툰 건 아닐까.
>
> 크게 웃어본 적이 언제더라?
>
> 울어본 적이 언제였지?
>
> 무언가에 설렌 적이 있었나?
>
> 재미있는 게 뭐가 있지?

느낌표 대신 물음표가 가득하다면
'나 지금 괜찮은 걸까' 하고
의심을 해봐야 한다.

인생의 진정한 가치는
마음에 느낌표를 더 많이 쌓아가는 데 있다.
하지만 내 삶에 물음표만 늘어간다면
그건, 무언가 놓치고 있다는 것이다.

내 기억 저편, 잠들어 있던 한 아이를 깨워본다.
작은 일에도 감탄사를 터뜨리던 아이.
울고 싶을 때 마음껏 울던 아이.
별거 아닌 일에도 감동하던 아이.
사탕 하나에 세상을 다 얻은 듯 행복했던 아이.
아이스크림 하나에 꿈을 이룬 듯 기뻤던 아이.

아이는 자라서 어엿한 어른이 되었지만
말랑말랑 순수했던 마음은 단단하게 굳어서
감정이 새어 나올 틈이 사라졌다.
그렇게 우리는 알아차릴 틈도 없이
아이의 마음을 잃어버리고 말았다.

아이 마음을 잃어버렸다는 것은

순수를 잃어버렸다는 것이다.

순수를 잃어버렸다는 것은

내 마음을 도둑맞았다는 것이다.

어른이 된 후에

아이 같은 마음을 회복하기란 쉽지 않다.

피카소도 이런 말을 했다.

정교한 그림을 그리는 건 힘들지 않았지만

다시 어린아이가 되는 데 40년이 걸렸다고.

한번 잃어버린 것을 되찾는 일은 쉽지 않지만

아이의 마음은 꼭 되찾아야 할 삶의 필수 요소다.

외로움을 극복하는 가장 좋은 방법이

잠들어 있던 내 안의 순수성을

찾아내고 간직하는 것이기 때문이다.

아이처럼 마음껏 웃고 기뻐하며

새로운 하루가 왔다는 사실에 아이처럼 설레고 있다면,

더 이상 외로운 사람이 아니다.

조급할 것도 없고 무리할 것도 없이
하루 하나씩 내 안의 긍정적인 감정을
불러내는 연습이 필요하다.

우선 자주 크게 웃어본다.
원망이 쌓이면 소리 내 울기도 한다.
세상 모든 것에 호기심을 가지는 것도 도움이 된다.
맑은 날 오솔길도 걸어보고,
기타도 배워보고,
가끔은 무작정 바다를 보러 가본다.

그렇게 조금씩 순수해질 때마다
우리의 불행은
1그램씩 줄어든다.

불행을 내보낸 빈자리에
행복이 가득 차도록
내 삶을 순수로 끊임없이 채워본다.

즐거운 시간은 짧은 생명처럼 아름답다.

청춘은 아름다워라.

그것은 다시 오지 않으리.

헤르만 헤세 《청춘은 아름다워라》

이 순간은 지나고 나면

다시 오지 않아

청춘일 때는 왜 청춘이
아름답다는 사실을 모르는 것일까.

나 역시 그랬다.
내게 주어진 젊음을
어떻게 누려야 할지 알 수 없었다.

스무 살을 떠올릴 때면
필름처럼 스치는 기억이 있다.
투쟁, 매캐한 최루 가스 냄새, 친구의 구속,

이면에서 벌어지는 젊음의 치기와 낭만…
그리고 이쪽에도 저쪽에도 끼지 못하고
시린 발걸음을 서성거리는 내가 그 속에 있다.

"좋을 때다!"
모두가 좋을 때라고 말하는 스무 살에
나는 오히려 청춘이 거추장스러웠고
젊음에 숨이 막혔다.

젊음의 에너지는 어딘가에 쓰이게 된다.
존재를 위한 사유의 시간에 쓰이든
이력서의 경력 한 줄을 위한 고군분투에 쓰이든
사랑을 불태우는 데 쓰이든
정신없이 향락에 빠져들 때 쓰이든…
나는 그것들 중 어디에 나의 청춘을 썼을까.

스무 살, 인생의 가장 빛나는 시절.
가장 깊이 사랑할 수 있고
가장 많은 꿈을 꿀 수 있는 나이였지만
아무것도 모른 채 보내버린 것이 참 많다.

그때는 몰랐고 지금은 아는 사실 중
가장 중요한 사실은 바로 이것이었다.

'내 생의 가장 아름다운 시기를
통과하고 있었다'는 것.

그래서 버나드 쇼도 이렇게 말한 것일까.
"청춘은 청춘들에게 주기는 너무 아깝다"고.
청춘은 그렇게 한철 봄처럼 지나가기에
모두의 가슴에 그립고 아름다운 추억으로 묻힌다.

하지만 청춘이 과연 스무 살에만 한정되는 걸까.
어쩌면 지금 이 시간도, 지나고 나면 참 아까운
'아름다운 청춘'의 시기는 아닐까.

내가 스무 살을 회고하며 아쉬워하는 것처럼
훗날 이 시간을 떠올릴 때
가장 후회하게 될 일은 무엇일까.

훗날의 후회를 미리 알 방법은 없지만
매 순간 변치 않는 사실이 하나 있다.

시간은 아쉬워하는 자의 것이 아니라
　　누리는 자의 것이라는 것.

　　시간을 붙잡고 한탄하는 자에게
　　시간은 회한이겠지만
　　이 시간을 붙잡고 누리는 자에게
　　시간은 선물이다.

이 순간을 누리기 위해서는
내 꿈의 행방부터 찾아야 한다.
그리고 그 길을 지날 때
발자국을 힘차게 찍어야 한다.
스쳐 간 시간에 대해
한숨짓는 일은 사양해야 한다.

"슈퍼맨이 두른 망토는 내 안에 있다."
어느 광고 문구처럼, 영웅은 멀리 있지 않다.

포기하지 않는다면, 절망하지 않는다면
그 영웅은 계속 내 안에 있다.

지금 이 순간은

내 인생의 가장 젊은 날이고

가장 멋진 날이자 가장 황홀한 시간이다.

지금 나의 오늘이

내 생의 절정이고 새로운 시작의 날이며

'한창때'이고 '좋을 때'다.

　　그래서 생의 '하이라이트'는

　　바로 지금이다.

내일의 불안에
우리는 지금 이 순간을 잃어버립니다.
오늘 하루, 이 순간에 권리를 주세요!

헤르만 헤세 〈마들론 뵈머에게 보낸 편지〉

오늘 하루,
지금 가장 행복할 권리

우리는 흔히 이런 약속의 말을 하곤 한다.

"나중에 잘해줄게."

"안정되면 효도할게요."

"성공하면 호강시켜줄게."

그러다가 세월이 흘러

그 사람이 내 곁에 더 이상 존재하지 않을 때,

내 약속을 애타게 기다리며 그 사람에게 새겨졌을

깊은 상처가 내 마음에도 남는다.

다시는 약속을 지킬 수 없게 되었으므로…

세월이라는 과속 버스에 올라타 있고
결코 앞날을 기약할 수 없는 존재인 우리.
이런 존재의 본모습을 망각한 채
망각한 채 알 수 없는 '다음'과 '미래'를 기약한다.

　　　언제 올지 모를 어느 순간이 아니라,
　　　지금 내가 할 수 있는 방법과
　　　지금 내가 보여줄 수 있는 마음으로
　　　최대한 행복하고 사랑하는 것.
　　　그것이 나와 나의 인생을 함께 여행하는
　　　사람에 대한 작은 예의가 아닐까.

가시 돋친 말을 건네기 전에
그 사람의 상처를 먼저 발견하는 것.
힘든 사람의 손을 잡고 위로하는 것.
빈 어깨 위에 스웨터를 둘러주는 것.
크게 한번 웃게 하는 것.
그의 손에 따뜻한 차 한잔을 들려주는 것…
이런 일들은 꼭 '성공한 후'에 하지 않아도
'부자가 된 후'에 하지 않아도 되는
'지금' 해도 되는 일들이다.

나 역시 훗날로 미루다가

후회로 가슴 치는 일이 있었다.

꼭 감사의 뜻을 전해야 할 선생님이 계셔서

'나중에 찾아뵈야지' 생각하다가 시간이 자꾸 흘렀다.

겨우 시간을 내서 찾아갔을 때,

선생님은 이미 돌아가셨다는 말을 들었다.

감사하다는 말, 사랑한다는 말,

미안하다는 말, 축하한다는 말…

이런 마음의 표현은

나중으로 미뤄도 되는 과제가 아니다.

지금 바로 해야 하는 실천 사항이다.

> 모든 시간 중에서
>
> 우리가 내 맘대로 할 수 있는 시간은
>
> 지금, 이 순간뿐이다.

과거도 더 이상 내가 어떻게 해볼 수 없고

미래는 더더욱 알 수도 없고, 손써볼 수도 없다.

내 맘대로 할 수 있는 '지금'이라는 이 순간,

나는 혹시 과거에 얽매여 즐거움을 포기하고 있는 건 아닐까.

미래를 걱정하느라 현재를 누리지 못하는 건 아닐까.

나는 내 곁의 사람들을 제대로 바라보고 있을까.

과거에 연연하며 현재를 볼 수 없다면

곁에 있는 사람과 미래를 꿈꿀 수 없다.

미래에 언제 올지 모를 만남을 꿈꾸느라

곁에 있는 소중한 사람을 잊는다면

이미 가졌던 행복도 어느새 멀리 날아가고 만다.

그때는 이랬는데, 그때는 잘나갔는데…

언제나 과거의 노래만 부르는 사람이 있다.

내년에는 이런 일, 10년 후에는 저런 일…

미래 계획만 세우며 앞날만 생각하는 사람도 있다.

과거의 영광, 미래의 환상만 꿈꾸는 일은

현재에 도움이 전혀 되지 않는다.

오히려 내게 중요한 것은 따로 있다.

　　　내 인생에 결코 없어서는 안 될 사람,

　　　바로 이 순간에 만나는 사람이다.

내 인생에 가장 중요한 일,
바로 이 순간에 하는 일이다.

지금, 어떤 사람을 만나고 있든지
그 사람에게 온 마음을 다해도 좋다.
지금, 어떤 일과 마주치고 있든지
그 일에 온 힘을 집중해도 좋다.

생의 마지막 순간에 사람들이 가장 많이 후회하는 일,
이 세 가지라고 한다.

많이 웃을걸.
많이 베풀걸.
많이 사랑할걸.

청춘이 지난 후 사람들이 가장 후회하는 일은,
이 세 가지라고 한다.

사랑한다고 고백할걸.
더 많이 다닐걸.
더 낭만적으로 살걸.

길지 않은 인생 동안

우리는 너무 많이 아끼고 사는 건 아닐까.

우리 다리를 아껴서 가고 싶은 곳에 가지 않고,

우리 입을 아껴서 좋아한다 사랑한다 고백하지 않고,

우리 몸을 아껴서 더 부지런히 움직이지 않고,

우리 마음을 아껴서 사랑에 주저하는 건 아닐까.

　　　내가 살아 있는 지금, 뜨겁게 일하고

　　　내가 살아 있는 지금, 가고 싶은 그곳에 가고

　　　내가 살아 있는 지금, 사랑한다고 고백해야 한다.

죽음에 맞서는 무기는 필요 없다.

죽음이란 존재하지 않기 때문이다.

하지만 한 가지는 존재한다.

죽음에 대한 두려움이다.

이 두려움은 치유할 수 있다.

헤르만 헤세 《클링조어의 마지막 여름》

5장. 사라지는 게 아니라 간직되는 시간들

사라지는 게 아니라
간직되는 것

가끔은 반복되는 일상에 지루함을 느끼곤 한다.
아침에 일어나 보이는 창밖 풍경은
어제와 똑같은 해, 어제와 똑같은 나무,
어제와 똑같은 집, 어제와 똑같은 사람들…

그런데 어제와 똑같은 하루가 과연 존재할까?

하루에 한 번씩, 새롭게 태어난다면 어떨까?
잠든 사이에 나는 잠시 다른 세상으로 갔다가
아침이 되어 깨어나면 새로운 나로 태어난다.

그렇게 아침마다 새로 태어나면

이 세상은 신기한 것투성이일 것이다.

하늘은 어제보다 1센티 높아져 있고

나무의 연둣빛은 조금 더 짙어졌고

꽃망울은 조금 더 열렸다.

바람이 좀 더 부드러워졌고

내 머리카락도 조금 더 길었다.

오늘은 어제와 엄연히 다른 '새로운 날'

어제와 같은 하루는 있을 수 없다.

어제와 다른 오늘은 언제나 내 생일이다.

그러므로 내 생일은 1년 365일이다.

> 하루하루 밤이 당도하여 내 생애를 닫고
>
> 하루하루 아침을 맞이하며 내 생애를 다시 열면
>
> 내 생의 죽음에 대해서도 두렵지 않게 된다.
>
> 늘 맞아왔던 일이니까.

하루가 전 생애라고 생각하면서

다가온 하루를 열심히 살고 사랑하면 되는 것이다.

아인슈타인에 대한 짧은 일화가 있다.

아인슈타인은 말년을 병상에서 보내면서도 연구에 몰두했다.

밤새 불이 꺼지지 않는 병실을 찾아간 간호사가 말했다.

"이제 연구를 그만하시면 안 될까요?"

그러자 아인슈타인은 이렇게 말했다.

"연구를 못할 바에는 죽는 것이 낫습니다.

성취할 수 없는 인생은 무의미해요.

인생에는 목적이 있어야 합니다."

이후에도 계속된 간호사의 간곡한 부탁에

아인슈타인은 내일을 기약하며 잠에 들었다.

간호사는 잠든 아인슈타인의 손에서 펜을 빼어

원고 위에 놓았고, 다음 날 아인슈타인은 운명했다.

죽기 직전까지 자신의 연구를 놓지 않았던

아인슈타인의 이야기는 큰 감동으로 남는다.

한평생 '오늘'을 살면서

마지막 순간까지 늘 하던 일을 하는 삶.

그것이 내가 바라는 최고의 인생 엔딩이다.

소설가이자 시인, 화가였던 헤세 역시
전 생애에 걸쳐 작품 활동을 했다.
마지막 순간까지 꿈꾸는 소년처럼 살았다.

자연에게서 위로받고, 음악을 들으며,
그림을 그리고, 꽃도 가꾸고,
늘 사랑하고, 열정적으로 일했다.

그에게 죽음은, 전혀 두려움의 대상이 아니었다.
그는 생애를 사는 동안 체험으로 느꼈다.
죽음은 그것으로 끝이 아니라는 것을.

우리의 생애는 죽음으로 없어지는 것이 아니다.
누군가의 기억 속에서 사랑으로 남으면
사라지는 게 아니라 간직되는 것이다.

매일 밤 생을 마감하고
매일 아침 다시 생을 시작하는 마음으로 살고 싶다.
오늘을 최대한 즐겁게 살고,
오늘 최대한 사랑하고 싶다.

오늘을 살다가

마지막 순간이 오면 하룻밤 잠을 청하고 싶다.

이제 그만 불을 꺼도 좋다고.

우리는 서로를 이해할 수는 있지만
자신에 대한 해명은 결국,
자기 자신에게 할 수밖에 없다.

헤르만 헤세 《데미안》

마지막에는
눈물보다 미소를

나의 묘비명을 미리 정해두었다.

― 원 없이 잘 썼다!

내 몸과 마음을 아낌없이 '사용했다^{use}'는 말도 되고
작가로서 '글을 썼다^{write}'는 말도 된다.

묘비명을 미리 정해야겠다고 생각한 건,
몇 년 전 부모님이 돌아가셨을 즈음이었다.

부모님의 묘비명을 무엇으로 할지

육남매가 모여 회의를 했는데, 다들 의견이 달랐다.

글깨나 쓴다는 사람들이 모였는데도 어려웠다.

무엇보다 각자에게 비친 부모님 인생이 달랐다.

그때 깨달았다.

내 인생은 결국 내가 해명해야 하는구나.

나의 묘비명에는 어떤 문구가 좋을까, 고민하면서

참고할 만한 묘비명을 찾아보았다.

작가 조지 버나드 쇼의 묘비명은 많은 생각을 하게 한다.

— 우물쭈물하다가 내 이럴 줄 알았지.

김수환 추기경의 묘비명은 그의 인생과 참 닮아 있다.

— 나는 아쉬울 것 없어라.

내가 가장 좋아하는 묘비명은 니코스 카잔차키스의 것이다.

— 아무것도 바라지 않는다. 아무것도 두렵지 않다.

나는 자유롭다.

그리고 스탕달의 묘비명도 좋아한다.

그는 스스로 생전에 묘비명을 준비해두었다고 한다.

— 살았다, 썼다, 사랑했다.

사랑하는 사람이 나의 무덤을 찾을 때

그에게 해줄 말을 묘비명에 남기면 어떨까.

나를 잊지 말라는 강요는 싫다.

그의 마음을 편하게 해주고 싶다.

이제는 나를 잊으라고,

다시는 꽃을 들고 찾아오지 말라고.

"나 여기서도 행복하니 나를 잊어요"는 어떨까.

"내 마음 더 가까이 당신 곁에 머무르다"는 어떨까.

또는 이렇게 쓰면 어떨까도 생각했다.

"여한 없이 일했고, 여한 없이 사랑했다."

그러다가 이것으로 정했다.

"원 없이 잘 썼다!"라고.

　　사람을 대할 때 미움보다

　　사랑의 마음을 쓰려고 노력했으니

　　원 없이 마음을 썼다.

작가가 된 후, 아니 그 전부터
거의 글을 쓰지 않는 날이 없이 살았으니
정말 원 없이 글을 썼다.
쉼 없이 일했으니 몸을 잘 썼다.
그러니 내 삶은 얼마나 행복한가!

커피 좋아하는 나에게 언젠가 아들이 말했다.
엄마 무덤에 찾아가면 술 대신 커피를 올려야겠다고…
나의 무덤에 찾아와 눈물 흘릴 아들을 생각하니
마음이 아팠다.

누구나 인생의 끝을 맞이해야 한다.
내가 이 세상을 떠날 때 슬퍼할 사람들을 떠올려본다.
그리고 그들이 나의 죽음을 슬퍼하지 않기를 바란다.

> 작가로서 원 없이 썼고
> 여한 없이 사랑했고
> 몸을 움직여 쉼 없이 일했으니
> 내 생은 성공이다.

그러니 눈물 흘리기보다 미소 짓기를 바란다.

멀리 떠난 게 아니라

날개 아래 부는 바람이 되어서

단단히 나는 힘이 되어주고 있다고,

그렇게 여겨주기를 바란다.

조급함은 우리 삶에서

기쁨의 가장 위험한 적이다.

'가능한 많이'와 '가능한 빨리'라는 구호가

만족은 점점 더 많이,

기쁨은 점점 더 적게 가져온다.

헤르만 헤세 〈작은 기쁨들〉

조급함은

기쁨의 위험한 적

프랑스의 사회철학자 피에르 쌍소는
《느리게 산다는 것의 의미》라는 책에서
파스칼의 말을 인용했다.

"인간의 모든 불행은 고요한 방에 앉아
휴식할 줄 모르는 데서 온다."

그리고 이 책에서 그는
'느리게 사는 삶'을 제시했다.

여기서의 '느림'은 결코 게으름이 아니다.

삶의 길을 가는 동안 나 자신을 잃어버리지 않고

조금 천천히 가더라도

인생을 바로 보자는 '의지'인 것이다.

급하게 서두르는 것도 습관이고

느긋하게 기다리는 것도 습관이고

앞만 보고 달려가는 것도 습관이고

옆과 주변을 돌아보면서 가는 것도 일종의 습관이다.

가능하면 서두르지 않고

천천히 차근차근 해나가는 습성.

어쩌면 현대인에게 가장 필요한 것이 아닐까.

병원에서 링거액을 맞아본 사람들은 안다.

링거액이 한 방울씩 떨어지는 시간, 참 길다.

자다가 깨도 아직 절반도 안 들어갔고

책을 읽어도 아직 많이 남아 있는 링거액.

성격이 급한 사람은 간호사를 불러서

링거액이 빨리 들어가게 해달라고 부탁한다.

아예 스스로 링거액의 속도를 조절해버리는 사람도 있다.

참지 못하고 몸에서 바늘을 빼버리는 사람도 있다.

그러나 링거액을 성급하게 조절하면 몸에 무리가 올 수 있다.

어쩌면 우리가 기다리는 일도

우리가 기다리는 사람도 그런 게 아닐까.

기다림이 답답해서 조급해질 때도 있고

신에게 빨리 이루게 해달라고 투정 부릴 때도 있다.

기다림을 그만 멈춰버리고 싶을 때도 한두 번이 아니다.

하지만 링거액은 꼭 한 가지 약속을 지킨다.

한 방울, 한 방울 속도는 느리지만

언젠가는 다 들어가서

몸의 기운을 회복시켜준다는 그 약속을.

지금 기다리는 그 일은

지금 기다리는 그 사람은

한 발자국 한 발자국 천천히 걸어오고 있고

당신에게 반드시 올 것이다.

조급함 때문에
모든 것을 놓치지 말고
피에르 쌍소가 말한
느린 삶의 태도를 참고해보면 어떨까.

— 권태를 즐길 것.
— 한가로이 거닐 것.
— 다른 이의 목소리에 귀 기울일 것.
— 조바심 내지 말고 기다릴 것.

천천히 사소한 일상을
소중히 느끼는 습관이 쌓이면,
그다음 우리 인생의 집은
이성의 궁전을 갖춘
훌륭한 집으로 지을 수 있지 않을까.

　　나 자신을 찾고
　　나 자신을 보고
　　나 자신을 기르는 시간은
　　나에게 유용한 '이용의 시간'이다.

돈과 권력과 기계가
나보다 더 중요해져버린 시간은
너무나 허무한 '소비의 시간'이다.

미친 듯 과속하는 나의 시간 속에
나 자신은 얼마나 들어 있을까?

지금 이 시간이
나의 모습을 바라보는
느긋하고 여유로운 사용의 시간이었으면 한다.

시간은 '자연'이다.
자연은 서두르는 법이 없다.
천천히 꽃이 피고 천천히 나무가 자란다.
그렇게 오랜 시간이 쌓여 보석이 된다.

어쩌면 시간은 우리에게
이런 말을 하고 싶어할지도 모르겠다.

소비만 하지 말고 여유를 찾길,
그리하여 시간과 더불어 살아가는 지혜를 얻길…

나이 든다는 것은
마냥 시들어버리는 것이 아니라
고유한 가치와 매력, 지혜
그리고 고유한 슬픔을 지니는 것입니다.

헤르만 헤세 《서간집》

매일매일

매력 레벨을 높이는 중

나이를 묻는 질문이 점점 언짢아진다.
세월 빠르다는 소리가 말의 틈새마다
후렴처럼 새어 나온다.
빠른 속도를 뽐내며 달리는 세월에
발이라도 탁 걸어버리고 싶다.

세월이 자꾸 안타까워지는 것은
마음 아래 두려움이 있기 때문이다.
따져보면 그 공포는 외모 지상주의와 함께
서양에서 건너온 정서다.

우리 선조는 나이가 들었다는 사실을 자랑스럽게 여겼다.

젊은 사람도 힘든 세월을 버텨온 어른을 존경했다.

그런데 우리는 어느샌가 나이 드는 것을

죄짓는 것처럼 부끄럽게 여기게 되었다.

이런 현상은 선진국일수록 더 강하게 나타난다.

경제적으로 풍요로운 나라에서 우울증과 싸우며

노년을 외롭게 보내는 사람이 많다.

생일을 챙기고 축하하기를 좋아하는 독일 사람들도

60세가 넘으면 생일잔치를 하지 않았다고 한다.

나이 먹은 것을 부끄럽고 슬프게 생각했기 때문이다.

우리 민족은 60세가 넘어가면

환갑이나 칠순 잔치를 크게 열고

동네방네 소문내어 함께 모여서 축하했다.

삶을 생로병사의 순환으로 받아들이는

관조적이고 느긋한 동양적 사고방식이다.

이런 우리였는데,

언제부터 나이 먹는 것이 죄가 되었을까.

나이 먹는 것이 왜 부끄러운 일이 되어야 할까.

앙드레 모루아는 그의 저서 《나이 드는 기술》에서,

늙음의 문제는 육체가 아니라 마음에서 온다고 단언했다.

이미 때는 늦었다고, 승부는 끝나버렸다고,

무대는 완전히 다음 세대로 옮겨 갔다고 느끼는 것이

'노화'라는 것이다.

그는 나이 드는 '기술'을 말할 때 불어인 '아르^{art}'를 썼다.

소양, 기술, 기교, 예술을 포괄하는 단어가 '아르'다.

즉, 나이를 잘 먹는 것은

예술만큼 가치 있고 어려운 일이라는 것이다.

그렇다면, 어떻게 하면 잘 늙어갈 수 있을까?

"마치 기생목이 말라 죽은 떡갈나무에

뿌리를 내리고 살듯이, 인간의 지성은

노년에야말로 꽃을 피우지 않으면 안 된다."

몽테뉴의 이 문장은

지적인 활동을 멈출 게 아니라

인생의 마지막 순간까지 배우는 자세를

잃지 말아야 한다고 우리에게 말하고 있다.

대문호 톨스토이는 일흔의 나이에 가까운

67세 때 처음으로 자전거 타기를 배웠다.

그는 늦게 자전거를 배우면서도

"사흘 배웠는데 코 한번 안 깼다"고 좋아했다고 한다.

몽테뉴와 톨스토이의 일화는

'이제 와서 뭘 배워'라며

쉽게 단념하는 나약한 마음을 꾸짖어준다.

셰익스피어는 세상은 하나의 무대이고

인생은 7막으로 구성되어있다고 했다.

나이 순으로 1막에서 7막으로 흐르는데,

마지막 7막에 이르면

'제2의 천진함'을 갖게 된다고 했다.

　　우리는 7막에 '희망'이 놓여 있는데도,

　　5막이나 6막쯤에 이미 연극이 끝났다고

　　섣부르게 생각하고 있는 것은 아닐까.

　　혹은, 5막이나 6막쯤이 되면 벌써

　　막을 여는 것 자체를 포기해버리는 것은 아닐까.

세월이 우리에게 알려주는 것이 참 많다.
그 안에는 사소한 것에서부터
인생 철학, 인생의 매력까지 들어 있다.

더 넓어진 마음으로 사람을 사랑하고
더 깊어진 생각으로 인생을 바라보고
더 맑은 시선으로 세상을 대하는 일.
그게 나이를 먹는 일이라면,
늙음은 더 이상 슬픈 일이 아니다.

　　　나이 드는 것은
　　　시들어버리는 것이 아니다.
　　　고유의 가치와 매력, 지혜,
　　　고유한 슬픔을 지니게 되는 것이다.

아동문학가 윤석중은 나이를 묻는 질문에
이렇게 대답했다고 한다.

"나는 나이를 세 가지로 나눠 먹습니다.
생각은 열 살이고, 마음은 서른 살이고,
몸은 또 여든이 훨씬 넘었어요."

비록 몸의 나이는 많지만 마음만큼은

갓 태어난 아이처럼 순진무구하고

소년, 소녀처럼 설레고

청년처럼 뜨거운 나이.

나이는 세월에서 오는 게 아니라

마음에서 얻는 것이다.

그러므로 인생에서 찬란하지 않은 순간은 없다.

세월을 이기는 유일한 기술은 '희망을 유지하는 것'.

    가슴이 두근두근 설렌다면

    아직도 배우고 있다면

    뭔가를 시도하고 있다면

    나이를 떠나 반짝반짝 아름답게 빛난다.

    당신의 모든 날, 모든 순간이.

기쁨이 멋진 점은
그것이 기대도 하지 않았는데 생기고,
결코 돈으로 살 수 없다는 점이다.

헤르만 헤세 〈보리수 꽃〉

기쁨을 누려봐,
멋지잖아

누군가 내게 어떤 계절을 좋아하냐고 물으면
나는 가을을 좋아한다고 이야기한다.
그 이유를 물어도 망설임이 없다.

바람에 흩날리는 낙엽의 작별 인사가 좋고
우주가 듬성듬성 비어가는 여백의 느낌이 좋다고.
거리 곳곳이 멜로드라마 촬영장이 되고
바흐의 무반주 첼로곡이 OST처럼 흐를 것 같은
그 느낌이 좋다고.

태어난 계절은 선택할 수 없었지만

만약, 인생의 마지막 날을 고를 수 있다면

11월을 꼽을 정도로 좋다고.

홀연히 지는 낙엽처럼 떠나고 싶어서.

그리고 겨울이 좋다.

겨울밤은 길가의 편의점 조명마저

따뜻한 난로로 만드는 묘한 매력이 있다.

성에 낀 창 사이로 뿌옇게 내려다보이는 거리가 좋고,

녹아 없어져도 마음에 흔적을 남기는 눈이 좋고,

그의 주머니 속에 손을 넣고 걸을 수 있어서 좋다.

그래서 겨울이 좋다.

그리고 봄이 좋다.

일제히 자기 빛깔을 뽐내며 피어나는 꽃을 보면

꽃 폭탄을 맞은 마음이 울렁거리고,

그리운 이의 안부가 궁금해진다.

벚꽃 잎 흩어지는 길을 걸으면, 영혼에 꽃잎 지문이 새겨진다.

그러다 문득 생각나는 질문.

"이제 내 생애에 몇 번의 봄이 남았을까?"

꽃이 지고 피어나는 연두꽃을 가장 좋아하셨던 엄마는,
올봄이 인생의 마지막 봄인 것처럼 고맙고
순간순간 다 간절하다고 하셨다.

꽃이 등불처럼 피어나 마음을 치유하는 봄날은,
엄마 등에 업혀 걸어가는 그 느낌과 참 많이 닮아 있다.
포근하고 향기롭고 편안하다.

그리고 여름은,
사계절 중 가장 덜 좋아하는 계절이다.
그런데 바로 얼마 전에 여름이 좋은 이유를 찾았다.
어지러운 꿈에서 깨어난 아침, 후배의 문자가 와 있었다.
— 선배, 현관문 열어보세요.

문 앞에는 수국 한 다발이 놓여 있었다.
새벽 꽃시장에 갔다가 선배 생각이 나서 샀노라는
카드 글에 마음이 뭉클해졌다.
꽃다발을 안아 드니 "좋다!"는 말이 탄성처럼 터져 나왔다.

그래! 여름은 수국의 계절이라는 것만으로도
충분히 좋다!

수국으로 여름이 좋아진 김에,

좋은 이유를 몇 가지 더 꼽아본다.

수박을 쩍! 쪼개고 빨간 육즙에 스며든 까만 씨를 볼 때.

수박을 한입 가득 베어 물었는데 그 맛이 꿀처럼 달콤할 때.

운동 후 병에 서리가 앉을 정도로 시원한 맥주를 마실 때.

더위에 지친 날 갑자기 쏴아! 하는 소리와 함께

시원한 소나기가 쏟아질 때.

손꼽아 기다리던 바다로 여름휴가를 떠날 때.

얼마나 행복한가!

여름은 추억의 창고 같은 계절이기도 하다.

갑작스러운 소나기를 피해 처마 밑으로 뛰어들어간 기억,

텅 빈 집에서 낮잠을 자다 깨니 땀범벅이 되어 있던 기억,

바다에서 헤엄치다가 허우적대던 기억,

양산 쓴 엄마 손 잡고 과수원 길을 걸어가던 기억…

왜 여름은 유난히 어린 시절의 기억이 많은 걸까.

한 해에 고작해야 네 계절이다.

그런데 그중 한 계절을 싫어해버리면

한 해의 4분의 1을 불행하게 보내야 한다.

결국, 싫어하면 나만 손해인 셈.

사계절이 좋은 이유를 꼽아보며
그 기쁨을 찾아 누리면
모든 순간이 꿈처럼 아름다워진다.

봄, 여름, 가을, 겨울은
내 삶을 아름답게 채색해주는
자연의 선물이다.

식탁에선 포도주가 흐르고
촛불들은 한층 더 슬픈 듯이 흔들린다.
다시 잔치는 끝나고 나는 또 홀로 남았다.

헤르만 헤세 〈잔치가 끝난 후〉

분명한 건
아직 아무 일도 일어나지 않았다는 것

꿈은 사라지고 갈 길은 멀고

인생 다 끝난 것 같은 기분이 들고

멀어져버린 꿈에 어퍼컷을 날리고 싶을 때가 있다.

서른, 잔치는 끝났다.

최영미 시인의 시구절처럼

헤세도 이렇게 한탄한다.

"잔치는 끝나고 나는 또 홀로 남았다"고.

시인이 말하는 '서른'이라는 나이는
'중년의 나이'를 비유하는 표현인데,
중년에 접어들면 정말 인생이 확연히 달라진다.

청춘일 때는 피자가 당기고
중년이 되니 파전이 더 당긴다.
청춘일 때는 휴일을 꽉 채워 바깥으로 돌아다니더니
중년이 되자 방구석 예찬론자가 된다.
청춘일 때는 찬물이 시원하고
중년이 되니 뜨거운 물이 시원하다.

청춘일 때는 맛 따라 음식을 먹고
중년이 되면 영양 따라 음식을 먹는다.
청춘일 때는 연인에게 장미를 선물하고
중년이 되면 자식에게서 카네이션을 받는다.

청춘과 중년은 차이가 엄연하다.
그래서일까.
청춘에서 중년으로 넘어가는 시기에
참 많은 생각을 하게 된다.

문득, 중년의 고지를 앞둔

사람들의 이야기를 담은 영화 한 편이 생각난다.

영화 〈싱글즈〉의 주인공 나난은 어느날

자신의 머리에서 원형탈모증을 발견한다.

오래 만난 남친은 이별을 통고하고,

회사에서는 한직으로 쫓겨나다시피 한다.

'이대로 당할 수만은 없어!'

엎친 데 덮친 상황에 결국 나난은 폭발한다.

상무실 문을 벌컥 열고 들어가 멋지게 사표를 낸다.

하지만 이것은 상상일 뿐

현실에서는 누가 볼세라 황급히 사표를 거둔다.

마치 영화처럼

사랑도, 일도, 인생도

찬란 모드에서 우울 모드로 갑자기 장면 전환된다.

꿈은 사라지고 갈 길은 멀고

갑자기 잔치가 끝난 것 같은 기분에 휩싸인다.

헤세도 이런 마음을

시에 담고 싶지 않았을까.

그러나 나의 청춘이 끝났다며
서둘러 축제의 촛불을 끄지 않기를 바란다.
고독한 눈빛으로 한탄하는 헤세에게
눈을 흘기며 반박해보는 것도 좋겠다.

　'혼자 남았으면, 뭐 어때.'
　혼자라도 즐거운 잔치를 벌이면 되는 것이다.

그러다 보면 혹시 모른다,
'9회 말 투 아웃'의 대역전극이 기다리고 있는지.
야구도 끝까지 가봐야 아는 것처럼,
우리 인생도 승부는 끝에 가봐야 아는 거다.

　후회, 실망, 질투… 이런 거
　마음에 자리를 줘봤자 좋을 것 하나 없다.
　생기발랄한 낙관!
　그거 하나만 있으면 두려울 거 하나 없다.

자기 자신에게 셀프로 기를 팍팍 주입시키며
영화 〈싱글즈〉의 나난처럼 이렇게 말해보면 어떨까.

"분명한 건 아직 아무 일이 안 일어났다는 거고,
일어나봤자 문제겠지. 그래도 상관없어,
모든 문제에는 반드시 해답이 있으니까."

'그럼 어때?'라는 자신감,
'몇 년 후에는 뭔가 이뤄지겠지, 아님 말고!'라는
긍정 마인드를 가지고 오늘도 파이팅!

부록

이 책에 수록된
'헤세의 문장' 출처

* 사라지는 게 아니라 간직되는 것 ○ 《클링조어의 마지막
  여름》(황승환 옮김, 민음사, 2009)
* 마지막에는 눈물보다 미소를 ○ 《데미안/수레바퀴 아래서》
  (강미경 옮김, 느낌이있는책, 2021)
* 조급함은 기쁨의 위험한 적 ○ 〈작은 기쁨들〉,《헤세의
  사랑》(폴커 미헬스 엮음, 이재원 옮김, 그책, 2012)
* 매일매일 매력 레벨을 높이는 중 ○ 《서간집》
* 기쁨을 누려봐, 멋지잖아 ○ 〈보리수꽃〉,《헤세의 여행》
  (홍성광 엮고 옮김, 연암서가, 2014)
* 분명한 건 아직 아무 일도 일어나지 않았다는 것 ○ 〈잔치가
  끝난 후〉

언제 올지 모를
희망 말고
지금 행복했으면

ⓒ 송정림, 2022

초판 1쇄 발행일 2022년 4월 15일
초판 2쇄 발행일 2022년 4월 20일

지은이   송정림
펴낸이   정은영
편집   이현진 김정은 정사라
마케팅   최금순 오세미 김하은
제작   홍동근

펴낸곳   자음과모음
출판등록   2001년 11월 28일 제2001 - 000259호
주소   10881 경기도 파주시 회동길 325-20
전화   편집부 (02)324-2347 경영지원부 (02)325-6047
팩스   편집부 (02)324-2348 경영지원부 (02)2648-1311
이메일   munhak@jamobook.com

ISBN   978-89-544-4821-5 (03810)